ALLÉGO RIT AVEC LES JEUNES
*est le cent quatre-vingt-dix-huitième livre publié
par Les éditions JCL inc.*

Données de catalogage avant publication (Canada)

Dufour, Michel, 1945-

Allégo rit avec les jeunes

ISBN 2-89431-198-2
1. Symbolisme (Psychologie). 2. Allégorie - Aspect psychologique. 3. Actualisation de soi. 4. Relations humaines. 5. Famille - Aspect psychologique. 6. Jeunes - Psychologie. I. Titre. II. Collection.

© Les éditions JCL inc., 2000
Édition originale: septembre 2000
Imprimé au Canada

MICHEL DUFOUR

ALLÉGO RIT
AVEC LES JEUNES

DU MÊME AUTEUR:

Allégories pour guérir et grandir, Chicoutimi, Éditions JCL, 224 p., 1994, (ISBN 2-89431-114-1).

Allégories pour guérir et grandir, Paris, Éditions de l'Homme, 224 p., 1996, (ISBN 2-7619-1302-7).

Allégories II. Croissance et harmonie, Chicoutimi, Éditions JCL, 318 p., 1997, (ISBN 2-89431-150-8).

Cuentos para crecer y curar, Malaga, Éditorial Sirio, s.a., 236 p., 1998, (ISBN 84-7808-266-2).

Allégories II. Croissance et harmonie, Paris, Éditions de l'Homme, 318 p., 1999, (ISBN 2-7619-1487-2).

© **Les éditions JCL inc., 2000**
930, rue Jacques-Cartier Est, CHICOUTIMI (Québec) G7H 7K9 Canada
Tél.: (418) 696-0536 – Téléc.: (418) 696-3132 – www.jcl.qc.ca
ISBN 2-89431-198-2

MICHEL DUFOUR

ALLÉGO RIT
AVEC LES JEUNES

LES ÉDITIONS JCL

Illustrations: **Roch Richer**

Nous reconnaissons l'aide financière du gouvernement du Canada par l'entremise du Programme d'aide au développement de l'industrie de l'édition (PADIÉ) pour nos activités d'édition. Nous bénéficions également du soutien de la SODEC et, enfin, nous tenons à remercier le Conseil des Arts du Canada pour l'aide accordée à notre programme de publication.

À Linda Simard

À tous ceux et celles
qui ont collaboré étroitement
à la production de ce livre.

TABLE DES MATIÈRES

Garou, le kangourou 12

Attachou, le petit pélican 15

Dodor se rebelle 19

Léo à l'assaut des cros, cros 22

Snifi 25

Batman et Dimitri 29

Luminix et la libellule 32

Tristel, l'oiseau enchanteur 35

Balboa, le pirate des Caraïbes 38

Vicky, la petite fourmi 40

Pâquapable 42

Le Sculpteur 44

Le lionceau Benji 46

Petit Pinot 48

Dragor et l'enfant 51

Carlos, le roi de la moto 54

Géni, le petit koala 57

Grujot et Grognon 61

Balou, le petit nuage pas comme les autres 64

Kooki, le petit chien 67

Rapido et la sirène 70

Petit-Pois et Plume 73

Le mystère de Rouquine 76

Le perroquet Rocco 78

Faufilou, le petit écureuil 80

Patte de velours 82

Johnny Guitare 85

Promo, l'écureuil volant 89

Finot et le grand duc 93

Lucien, le dalmatien 97

L'Africain 100

Le clou 102

Les Jeux olympiques 104

Chatouille et le grand escalier 107

Pierre et la loutre 110

Le princesse des marais 112

Gorfou, le petit manchot 115

Quatre petits oursons 119

Iris 123

La légende de Timmy 127

La maison hantée 131

Mini-Mush et le grand Schtroumpf 134

Zodiac à la conquête de Gargantua 136

Patachou, le lièvre vainqueur 138

Rigolo le clown 143

Le voyage de Goutte-Bleue 147

AVANT-PROPOS

Bonjour, chère lectrice et cher lecteur, et bienvenue dans le monde fantastique d'Allégo et ses *histoires magiques* qui pourront t'aider à résoudre de petites ou de grandes difficultés que tu peux rencontrer dans la vie de tous les jours.

Une grande partie des récits de ce livre proviennent de mes deux écrits précédents: *Allégories pour guérir et grandir* et *Allégories II, croissance et harmonie*. Cependant, ils ont été adaptés pour en faire des contes plus interactifs.

Allégo est le personnage central de cette publication et c'est lui qui animera les histoires à l'aide de ses deux amis. Il posera des questions auxquelles tu es invité à répondre de l'une des façons proposées. Tu pourrais aussi choisir de le faire d'une manière différente à partir des autres récits. Si tu le désires, tu pourrais tout aussi bien répondre dans ta tête ou encore en discuter avec quelqu'un; tu pourrais même dessiner ou écrire à l'endroit de ton choix.

Les questions ne portent pas sur les allégories comme telles, mais veulent plutôt établir un pont entre aujourd'hui et demain, où tu seras amené à découvrir ce qui se passera à la suite du texte dont tu viens de prendre connaissance. À chacun d'y aller selon ses goûts et ses idées!

Les questions sous la rubrique «Allégo s'amuse» ont pour but d'ouvrir les portes de ton imaginaire.

Prends plaisir à jouer, jongler et t'amuser avec ces récits merveilleux! Prends le temps de te détendre et de partager ces moments magiques avec Allégo.

Garou, le kangourou

Garou avait grandi très près de sa mère et ils s'adoraient l'un l'autre.

Ils aimaient bien se cajoler tendrement, se dire des mots gentils et observer les gestes de chacun.

Garou se sentait vraiment bien dans la poche toute chaude de sa mère. Alors, aussitôt qu'il revenait de l'école, il se jetait dans ses bras et se glissait lentement dans la poche de sa douce maman.

Mais voilà que maintenant, devenu plus grand, il n'arrivait plus à pénétrer dans la poche et sa mère trouvait très fatigant d'être obligée de transporter un enfant de cette taille.

De plus les autres avaient un sourire moqueur en le voyant ainsi à demi rentré dans le ventre de sa mère alors qu'une jambe et un bras dépassaient de l'ouverture.

Une nuit, dans un rêve, il réalisa soudain que son voisin, qui avait à peu près le même âge, jouait et courait autour de la maison. De temps en temps, il venait voir sa mère pour lui donner un câlin et ensuite, il repartait, au son d'un grand éclat de rire de cette dernière. Il semblait très heureux et sa maman aussi.

La nuit porte conseil, car notre ami Garou avait compris ce matin-là que le temps était maintenant venu pour lui de faire plein de choses tout seul.

Par la suite, Garou continua son cheminement. Sa mère était très contente et heureuse de le voir ainsi se débrouiller de plus en plus et parfois même de rendre de petits services aux gens de son entourage. Quant à Garou, il était particulièrement fier de lui. L'amour qu'ils avaient l'un pour l'autre continua de grandir.

Allégo s'amuse...

Pourrais-tu résoudre cette charade:

Mon premier est un métal
très précieux;

Mon deuxième est un personnage
imaginaire qui a des ailes;

Mon tout est un fruit délicieux.

Qui suis-je?

Réponse page 151

Attachou, le petit pélican

Attachou, un mignon pélican, vivait dans un joli nid moelleux avec sa mère. Elle était très gentille avec Attachou. Elle lui apportait de la nourriture trois fois par jour. Elle lui grattait le dos avec ses griffes et enlevait les saletés de ses plumes avec son bec. Elle se collait souvent très près de lui pour lui donner de la chaleur et de tendres caresses lorsqu'il en avait besoin. Elle lui chantait parfois aussi des ballades extraordinaires et elle le regardait souvent le sourire aux lèvres. Ah! ce qu'Attachou pouvait être bien avec sa mère!

Un jour, alors qu'elle lui brossait les plumes, elle lui annonça:

— Tu sais, dans quelques jours tu devras aller à l'école des oiseaux pour apprendre à voler!

Attachou eut l'impression que son cœur cessait de battre. Il n'avait jamais pensé qu'il devrait quitter sa maison un jour! Il n'avait jamais rien demandé à personne! Tout ce qu'il voulait, c'était de vivre heureux avec sa mère.

Jusqu'à la toute dernière minute, Attachou essaya de convaincre sa mère de le garder près d'elle dans leur nid, mais elle semblait ne rien comprendre: elle ne comprenait pas qu'il avait peur de se retrouver tout seul ou que les autres oisillons soient méchants avec lui; elle ne comprenait pas qu'Attachou avait peur de ne pas être capable d'apprendre à voler ou que le professeur ne soit pas gentil avec lui; elle ne comprenait pas qu'il pensait que sa mère l'abandonnait.

Le jour qu'Attachou craignait tant arriva. Il fit tout pour que sa mère le garde à la maison. Il pleura, cria, donna des coups de bec sur le nid. Sa mère lui dit alors:

— Tu ignores ce qu'est l'école! Moi aussi, j'ai dû y aller quand j'étais petite et j'ai adoré cela. Essaye une journée et nous en reparlerons ce soir.

Il fit une dernière tentative en disant qu'il avait mal au ventre, mal à la tête et toutes sortes d'autres malaises, mais la décision de sa mère était vraiment prise. Finalement, Attachou accepta malgré tout de se laisser conduire à l'école.

Lorsqu'il fut arrivé, Attachou eut la grande surprise de voir que l'école était merveilleusement bien décorée. Le grand condor adressa la parole à tous les oisillons. Il était souriant et semblait très gentil. En racontant une blague, il avait même réussi à faire rire Attachou. C'était vraiment différent de ce qu'il avait imaginé! Il croyait même qu'à l'école, les oisillons devaient toujours être sérieux et ne jamais s'amuser.

Au moment de la récréation, Attachou resta seul. Il ne voulait pas voir les autres, car il ne savait pas comment ils se comporteraient avec lui. Il craignait qu'on ne veuille pas de lui. Il restait donc là à attendre la fin de la récréation. C'est à ce moment qu'un oisillon, qui passait tout près, lui fit un beau sourire et le salua. Attachou eut une drôle de sensation dans son corps. Il était tout léger, comme si on lui avait enlevé quelque chose d'énorme qui pesait sur lui!

Une fois la journée terminée, Attachou fut très content de voir que sa mère l'attendait à sa sortie. Elle avait pensé à lui. Il se dépêcha alors de lui raconter sa journée de classe. Lorsqu'il eut terminé de parler de tout ce qui s'était passé, sa mère lui demanda:

— Alors, aimerais-tu essayer une autre journée d'école demain?

Attachou hésita un peu, puis il accepta d'y retourner en se disant que la journée qu'il venait de vivre avait été beaucoup plus agréable que ce à quoi il s'attendait.

Et c'est ainsi qu'Attachou s'habitua, de jour en jour, à fréquenter l'école. Il apprit à connaître l'oisillon qui lui avait souri la première journée, et il se fit plusieurs nouveaux amis.

Aujourd'hui, Attachou est fier d'avoir accepté d'aller à l'école, car il sait maintenant voler de ses propres ailes. En s'envolant dans l'immensité du ciel, il peut faire une multitude de choses intéressantes qu'il n'aurait jamais pu faire s'il était toujours resté dans le nid de sa mère.

17

Allégo s'amuse...

Pourrais-tu répondre à cette devinette:

Je suis un animal qui marche sur la tête.

Qui suis-je?

Réponse page 151

Dodor se rebelle

C'est l'automne. Les feuilles tombent, la température refroidit, les journées sont de plus en plus courtes.

L'ourson Dodor se prépare à dormir pendant que Morphélie, sa mère, et Apolo, son père, s'occupent des derniers préparatifs avant l'hibernation. Ils lavent les couvertures, préparent les réserves alimentaires et s'occupent de trouver tout ce qui sera nécessaire pour la famille pendant l'hiver. De plus, ils aménagent le nid douillet de chacun afin d'être prêts lorsque viendra le temps du grand sommeil.

Dodor est le premier à se mettre au lit, pendant que papa et maman ferment définitivement l'abri. Il mérite bien cela, après avoir tant sauté et couru pendant tout l'été.

Peu de temps après, cependant, Dodor se lève et arrive dans la cuisine.

— Maman, dit-il, je pense que je n'ai pas assez mangé, j'aurai sûrement faim avant le printemps.

— Je vais te préparer une tartine de miel. Mange vite et retourne te coucher, dit sa mère.

Après avoir mangé, Dodor retourne au lit. Quelque temps plus tard, il se relève:

— Papa, j'ai envie de pipi!
— Vas-y vite, dit son père, tu devrais déjà dormir!

Dodor retourne au lit après avoir fait son pipi. Au bout d'un moment, il se lève de nouveau:

— Maman, papa, j'ai oublié de vous embrasser!

Papa ours lui répond:

— Tu nous as déjà donné ton bisou la première fois que tu t'es couché!
— J'avais oublié, dit notre ami. Est-ce que je pourrais en avoir d'autres?

Après quelques bisous et caresses, Dodor retourne au lit,

mais il joue encore longtemps avec son toutou avant de s'endormir finalement, complètement épuisé.

Le printemps est maintenant arrivé: les oiseaux gazouillent, les bourgeons sortent sur les branches, l'eau recommence à couler dans les rivières, le soleil est éclatant. C'est le moment pour Dodor et ses parents de sortir de leur hibernation.

Dodor sort difficilement de son lit. Il est encore très fatigué. Malgré les joies qui l'attendent dehors, il préférerait continuer à sommeiller.

Ses parents insistent pour qu'il aille se dégourdir les pattes dehors. Dodor part marcher dans la forêt, il s'approche de la rivière qui scintille. Le soleil réchauffe sa fourrure. Il voudrait bien rester éveillé pour profiter de ce beau paysage, mais il en est incapable et s'endort au bord de la rivière.

Bientôt, un petit lutin le réveille: «Dodor! Dodor! Réveille-toi! Je sais pourquoi tu es fatigué ce printemps. L'automne dernier, tu as pris trop de temps à te coucher et à t'endormir. Je vais te donner quelques trucs pour la prochaine fois que tu hiberneras. Cet été, écris ce que tu dois faire avant d'aller au lit. À l'automne, cette liste t'aidera à ne rien oublier et tu pourras dormir en paix. Une fois au lit, tu penseras à la rivière qui coule, au soleil qui te réchauffe et tu répéteras cinq fois très, très lentement en te faisant des images dans ta tête: "Je m'endors calmement et je vais me réveiller en pleine forme."»

Puis, le petit lutin disparaît. Dodor passe l'été très fatigué… Il ne réussit même pas à s'amuser…

L'automne suivant, Dodor se souvient des conseils du lutin et il n'oublie rien avant de se coucher grâce à la liste qu'il a faite pendant l'été. Il se couche tôt, met les conseils du lutin en pratique et s'endort très rapidement.

Lorsque vient le printemps suivant, il se réveille en pleine forme.

21

Léo à l'assaut des cros, cros

Dans la grande jungle vivait un petit lion qui s'appelait Léo. Ce petit lion avait une peur extrême des crocodiles du marais. Chaque fois qu'il s'approchait du marais pour se rafraîchir, les crocodiles se moquaient de lui. Ils menaçaient Léo avec leurs grandes dents pointues.

Léo évitait le marais depuis quelque temps, car la dernière fois qu'il s'y était aventuré avec un camouflage, les crocodiles l'avaient découvert rapidement, le traitant de peureux et le menaçant pour ne plus qu'il revienne. D'ailleurs, lorsque le plus gros crocodile lui avait mordu la queue, il s'était sauvé à toutes jambes.

Depuis ce temps, Léo avait honte de lui et il se sentait mal. Il ne parlait plus à ses amis et il avait le cœur lourd. Il n'avait rien raconté, bien sûr, de peur qu'on ne se moque de lui! Il se disait que les crocodiles étaient les animaux les plus idiots de la jungle!

Un jour, Léo vécut une rencontre extraordinaire. Dans un moment de découragement où il pleurait beaucoup, une de ses larmes se mit à lui parler:

— Léo! Tu es beau, grand et fort! Les crocodiles ont un seul pouvoir sur toi, c'est le pouvoir que tu leur donnes. Regarde-toi, tu es un animal fort, respectable! Reprends confiance en toi, tu es capable.

La larme merveilleuse se transforma en miroir, et Léo aperçut un animal courageux. Il reconnut sa propre image et la fit pénétrer à l'intérieur de lui.

Eh oui! Il devint par la suite un lion confiant et brave, qui tenait bon devant les menaces et qui savait se faire respecter.

23

Allégo s'amuse...

Pourrais-tu résoudre cette énigme:

Je marche en restant immobile;

Je m'arrête sans avoir bougé;

Bien que jamais je ne descende,
il faut toujours me remonter.

Qui suis-je?

Réponse page 151

Snifi

Il était une fois un magnifique petit singe qui se faisait appeler Snifi. Il avait toujours habité dans un endroit plein de verdure où tous les animaux semblaient vivre en liberté. Comme il n'avait connu que cet environnement depuis son enfance, il acceptait assez bien d'être dans ce jardin zoologique.

Plusieurs personnes veillaient sur lui: il était bien nourri, bien logé et il ne manquait de rien; il n'avait qu'à se laisser dorloter.

De plus, beaucoup de gens venaient chaque jour le visiter et l'admirer. Il aimait cela; il se sentait important. Il avait également beaucoup d'amis, car il était super-gentil avec tout le monde.

Un jour cependant, sans qu'il sache trop pourquoi, ses copains et ses amis commencèrent à le laisser tomber. Souvent, ils le fuyaient et le laissaient tout seul. Même les visiteurs ne lui donnaient plus d'arachides, lui qui auparavant était leur préféré.

Il était devenu triste et malheureux.

Un jour, il se retrouva tout seul sur le bord de l'étang, ne sachant vers qui se tourner pour régler son problème.

Soudain, un majestueux cygne tout blanc glissa gracieusement sur l'eau dans sa direction.

— J'ai observé le comportement des autres à ton égard, dit-il à Snifi; as-tu besoin d'aide?
— Oh oui! dit Snifi, je serais très content que tu puisses m'aider.
— Je crois que celui qui peut le plus t'aider, dit le cygne, c'est toi-même.
— Qu'est-ce que tu veux dire? demanda Snifi.
— Eh bien! dit le cygne, j'ai vu que souvent tu suces ton pouce, tu portes tes doigts dans ton nez ou dans ta bouche, tu te ronges les ongles et même, parfois, tu grattes les parties intimes de ton corps. Les autres trouvent sans doute que cela n'est pas très élégant ni hygiénique et peut-être

même trouvent-ils cela un peu dégoûtant. Tu sais, la propreté est une grande qualité. Toutes ces choses, tu peux les faire, si tu en as vraiment envie, dans une pièce où tu es seul avec toi-même, mais le fait de t'en abstenir en public est une marque de respect envers les autres.

Après ces réflexions, le grand cygne fit un clin d'œil à Snifi et il repartit sur l'eau.

À la suite de cette étonnante rencontre, Snifi prit conscience de ses mauvaises habitudes et il prit la résolution de les changer petit à petit.

Quelque temps après, il avait réglé tous ses problèmes et retrouvé l'admiration de ses amis et de tous les visiteurs.

27

Allégo s'amuse...

Pourrais-tu répondre à cette devinette:

Qu'est-ce qui porte
des lunettes et ne voit pas?

Réponse page 151

Batman et Dimitri

Avez-vous déjà entendu parler de Dimitri? C'est un peintre qui vit quelque part dans un pays très coloré.

Un jour, il décida de faire une nouvelle toile. Il dessina avec son pinceau huit petites autos qu'il coloria ensuite: une rouge, une bleue, une verte, une jaune, une rose, une mauve, une brune et une blanche. Il illustra aussi, dans le coin de son tableau, une énorme roche grise. Le peintre admira son œuvre en se disant: «Oh! Je suis fier de moi car mon tableau est très beau!»

Tout à coup, en admirant sa peinture, il s'aperçut que les petites voitures se mettaient à bouger dans tous les sens. Étonné, notre ami décida alors d'entrer dans son dessin pour voir ce qui se passait.

Une fois arrivé à l'intérieur, il fut désolé de voir que les voitures se frappaient entre elles et klaxonnaient sans arrêt.

— Stop! Ça suffit! dit Dimitri. Pourquoi vous frappez-vous ainsi?

Les voitures bleue, verte et rose répondirent en même temps:

— C'est la voiture rouge qui a commencé!

Dimitri leur demanda alors:

— Mais, pourquoi faites-vous la même chose?
— On était fâchées parce qu'elle nous faisait mal!

La voiture rouge se défendit en disant:

— Je voulais juste jouer avec les autres autos!

Découragé, Dimitri s'assit sur la grosse roche grise et dit:

— Je ne sais plus quoi vous dire pour que vous fassiez des choses gentilles et que vous ayez du plaisir à jouer sans vous chicaner!

Soudain, la grosse roche se mit à bouger dans un bruit de tonnerre, et les petites autos virent bientôt apparaître une voiture très spéciale: la Batmobile avec Batman au volant.

Batman sortit et vint leur parler:

— Bonjour, je vous regarde vous brutaliser et vous bousculer, et ça me rend triste! Si on veut se faire des amis, il faut les respecter, leur faire plaisir et leur demander de jouer gentiment avec nous. S'ils ont le goût de jouer seuls, alors on respecte leur choix, ou on trouve un autre jeu. Vous étiez toutes de très belles voitures quand Dimitri vous a dessinées. Il aimerait bien que vous écoutiez quand il vous dit des choses. Ainsi tout le monde serait heureux et de bonne humeur!

Batman parla ensuite à Dimitri:

— Si tu avais dessiné des chemins pour les autos, avec des limites de vitesse et des signaux d'arrêt, peut-être y aurait-il eu moins de chicane. Les petites voitures auraient eu beaucoup plus de plaisir à circuler! Tu aurais aussi été moins inquiet pour elles. Tu aurais pu aussi prévoir de grands espaces où les voitures se seraient promenées dans tous les sens en se respectant et en établissant leurs propres consignes.

Avant de partir, Batman s'adressa à tout le monde:

— Maintenant, je repars avec ma Batmobile derrière la grosse roche. Pensez à moi et à ce que je vous ai dit. Vous verrez, ça ira très bien. Vous aurez beaucoup de plaisir et vous vous sentirez très fiers de vous. Au revoir!

Alors Batman disparut derrière la grosse roche, et les petites autos se mirent à rouler normalement.

Le peintre sortit de son tableau, dessina des chemins avec des panneaux de signalisation et de grands espaces. Il jeta un coup d'œil sur sa nouvelle peinture. «Ça, c'est du bon travail!» se dit-il, content.

Luminix et la libellule

Un jour, dans une forêt magique, est née Aile-Noire, une magnifique libellule. Sa famille vivait heureuse dans un beau nid douillet. Aile-Noire adorait le soleil, se laissait bercer par le vent et écoutait ses frères et sœurs chanter toute la journée...

Mais, le soir venu, quelle catastrophe! Aile-Noire avait tellement peur du noir qu'elle en tremblait de toutes ses ailes. Une nuit, les tremblements furent si violents qu'Aile-Noire tomba du nid! Terrifiée par cette longue chute, elle se blottit sous une feuille et y resta plusieurs heures, en écoutant avec inquiétude et frayeur les mystérieux bruits de la nuit.

Luminix, une chauve-souris qui patrouillait la forêt enchantée cette nuit-là, s'approcha doucement d'Aile-Noire:

— Que fais-tu là? lui demanda-t-elle.

— Je suis tombée de ma maison et j'ai si peur du noir! répondit Aile-Noire, en frissonnant. Et toi, qui es-tu? demanda-t-elle timidement.

— Moi? Je suis Luminix, la chauve-souris, et j'ai une idée géniale! Voilà: avec mes yeux qui deviennent magiques la nuit, je serai ton guide. En échange, tu pourrais devenir mes yeux lumineux durant le jour et m'apprendre à me débrouiller sous les chauds rayons du soleil!

— Oh! Oui, super! répondit Aile-Noire. C'est une proposition fantastique!

Et c'est ainsi qu'Aile-Noire, grâce aux bons conseils de Luminix, s'habitua graduellement à la nuit et affronta la noirceur. De son côté, Luminix apprit à être de plus en plus à l'aise avec la lumière du jour en écoutant et en appliquant les sages suggestions d'Aile-Noire.

Allégo s'amuse...

Pourrais-tu résoudre cette impasse:

Ôte-moi une lettre...

Ôte-moi deux lettres...

Ôte-moi cinq lettres...

Ôte-moi toutes les lettres...

Et je demeure toujours le même.

Qui suis-je?

Réponse page 151

Tristel, l'oiseau enchanteur

Dans une magnifique forêt vivait, paisiblement et en harmonie, une grande famille d'oiseaux. Dès le matin, chacun de ses membres travaillait à ses occupations. Et durant toute la journée, personne ne manquait d'activités.

Vers la fin de l'après-midi, on voyait arriver de partout toutes sortes d'animaux qui se rassemblaient autour d'un arbre majestueux: le renard, l'ours, la marmotte, l'écureuil, etc. Même de petites souris surgissaient de toutes parts et semblaient attendre avec joie l'événement tant désiré de la journée: le concert de la famille d'oiseaux chanteurs.

Un jour, on aperçut comme d'habitude un mouvement grandiose dans le ciel: la famille d'oiseaux s'amenait. Tous prirent leur place sur la plus grosse des branches de l'arbre. Maestro, le maître oiseau, demanda à chacun de se présenter en faisant entendre son propre chant. Quand ce fut le tour de Tristel, qui pensait sérieusement avoir attrapé le virus de la timidité, aucun son ne sortit de son bec.

Personne ne remarqua cependant le malheur de ce petit Tristel, car tous les autres membres de la famille continuèrent à chanter. Il se sentait tellement ridicule qu'il croyait que tous les animaux ne regardaient que lui! Il était si nerveux qu'il semblait sourire d'une drôle de façon, et les autres pensaient qu'il trouvait ça comique.

Le lendemain et le surlendemain, la même chose se reproduisit. Aucun spectateur n'y porta vraiment attention, mais Tristel se découragea et crut qu'il n'avait aucun talent pour le chant. Quelle honte pour lui, un oiseau! Il se sentait complètement rejeté et inutile. Certains oiseaux se moquèrent de lui. Ses amis n'avaient plus le goût de lui parler, parce qu'ils ne savaient pas trop comment se comporter avec lui.

Puis Tristel décida, un jour, de fausser compagnie au reste

de la famille et observa de loin le déroulement de l'événement. Il était tellement malheureux et découragé que, bientôt, il ne parvint même plus à entendre leurs voix. Tout devint confus dans sa tête. Il se mit à rêvasser, et dans son rêve, il entendit une voix merveilleuse, une voix éclatante, d'une beauté et d'une douceur extraordinaires! Cette voix était si intense et semblait si réelle qu'elle le fit sortir brusquement de son rêve.

À son réveil, tout étonné, Tristel aperçut tous les animaux et toute sa famille rassemblés autour de lui qui l'applaudissaient. Puis il remarqua soudain son père, Piccolo l'enchanteur, et sa mère, Midore, qui en avaient les larmes aux yeux. «Que se passe-t-il?» se demanda Tristel. Il comprit alors que cette voix si magnifique, qui avait retenti dans toute la forêt, était sa propre voix.

37

Balboa, le pirate des Caraïbes

Balboa naviguait depuis long-temps dans les mers du Sud, à la recherche de trésors de toutes sortes. Comme il était un pirate, il s'attaquait souvent à des bateaux appartenant à de riches marchands dans le but de les piller et d'être encore plus riche. Mais une règle d'or régnait chez lui: celle de ne jamais tuer personne car il considérait que le droit de vie ou de mort sur ses semblables se situait à un autre niveau...

L'harmonie régnait sur son navire et, au fil des ans, il avait acquis une grande maîtrise de lui-même. Avec douceur, com-préhension et parfois même avec fermeté, il avait su créer gra-duellement un climat de confiance et de respect parmi les membres de son équipage.

Le capitaine avait un grand désir: celui de connaître et de com-prendre toutes les choses de la vie. Alors il voyageait de pays en pays, toujours plus loin, ne sachant jamais où il jetterait l'ancre.

Un jour, il fit escale sur une île merveilleuse, un endroit de rêve. Ses habitants rayonnaient de bonheur et de joie de vivre et ils chantaient et dansaient. Ils étaient aussi capables de travailler avec hardiesse, mais ils savaient prendre le temps de se reposer. Le pirate s'amusa beaucoup sur cette île extra-ordinaire, et au contact de ces gens, il réalisa que malgré toutes les richesses accumulées, il était plutôt malheureux.

Avant son départ, il invita le roi de l'île à visiter son navire. Ce dernier, voyant dans l'ombre une porte fermée, lui demanda: «Qu'y a-t-il derrière cette porte?» Et le capitaine répondit: «Je l'ignore; je n'en possède pas la clef. D'ailleurs, dit-il, j'ai tout l'espace qu'il me faut.» «Dommage, dit le roi, peut-être y découvrirais-tu des trésors extraordinaires.»

Peu après le départ du roi, Balboa, en songeant à cette porte mystérieuse, décida de l'enfoncer. Il entreprit d'y faire le ménage et il y découvrit des richesses incroyables. Dans cette nouvelle pièce, il aperçut bientôt tout autour un nombre incalculable de petites portes et il n'avait qu'à les ouvrir pour y cueillir d'autres trésors...

Plus tard dans la nuit, après avoir longuement réfléchi, Balboa réalisa tout le temps qu'il avait perdu à vagabonder sur les mers à la recherche de trésors qui, en réalité, se cachaient sur son propre bateau, mais qu'il n'avait pas pris le temps de découvrir.

Il décida alors de cesser sa course folle à travers le monde et d'explorer son propre bateau...

Vicky, la petite fourmi

Il était une fois une fourmi qui ne voulait pas travailler. Vicky aimait mieux se tourner les pattes, jouer et courir. Tout au long de la journée, toutes les raisons étaient bonnes pour s'enfuir ou se sauver. Cependant elle s'ennuyait beaucoup car elle était seule pour jouer; les autres préféraient travailler et jouer quand c'était le temps.

Un jour que Vicky était partie en forêt, une fée-araignée vint à la fourmilière. Elle expliqua au groupe qu'elle cherchait la meilleure fourmi du monde et que, pour cela, elle lançait un concours. Chaque fourmi pourrait accumuler des points si elle travaillait quand c'était le temps, jouait au bon moment et savait conserver ses amis. La fée elle-même surveillerait le déroulement du concours.

Et les petites fourmis se mirent au travail car chacune savait qu'elle pouvait gagner. Elles étaient infatigables; leurs fines pattes étaient toujours en mouvement, elles ne sentaient ni la fatigue ni les crampes.

Lorsque Vicky revint à la maison, elle trouva qu'il y avait beaucoup de remue-ménage. Personne ne lui parlait; on n'avait pas le temps. Toutes les fourmis chantaient, souriaient, transportaient des provisions. Elle se sentait un peu à part. Lorsque vint le soir, elle réussit enfin à savoir ce qui se passait et pourquoi tout le monde était si grouillant.

Alors elle se dit qu'elle voudrait bien gagner le concours et que, surtout, elle était capable de le gagner.

Dès le lendemain, notre petite fourmi accompagna les autres au travail. Ses petites pattes étaient fatiguées parce que Vicky était peu habituée à faire de grosses journées. Mais elle garda courage car elle voulait gagner le concours et devenir la meilleure fourmi du monde.

Elle travailla et joua quand c'était le temps. Elle se fit beaucoup d'amis car elle était joyeuse et c'était très agréable de travailler avec elle.

Puis la grande finale arriva. Toutes les petites fourmis inscrites au concours étaient nerveuses. La fée-araignée nomma enfin la gagnante: «Pour avoir fait beaucoup d'efforts, pour avoir amélioré son rendement, je nomme "petite fourmi Vicky" grande gagnante.» Tous applaudirent.

Comme elle était contente et fière d'elle! L'araignée lui remit un certificat mais surtout un pouvoir magique.

Elle dit à Vicky: «Tu seras toujours une travaillante et lorsque tu sentiras que tes petites pattes sont fatiguées ou que tu manques de courage, tu prendras trois grandes respirations et tu seras enveloppée d'un nuage bleu qui te donnera la force et le courage de continuer. Ce nuage, il n'y a que toi qui pourras le voir. Ainsi, tu continueras à faire des progrès de plus en plus importants.»

Pâquapable

Il était une fois un petit lapin nommé Pâquapable. Il vivait dans une magnifique forêt où il y avait beaucoup d'animaux de son âge, tous très gentils. Pâquapable avait tout pour être heureux. Pourtant, il était souvent triste. Pendant que les autres animaux s'amusaient, lui restait seul au pied de son arbre, à dessiner sur des écorces de bouleaux.

Un beau jour, Dynamo le renard vint lui demander s'il voulait jouer au trécarré avec lui et les autres animaux de la forêt. Pâquapable refusa son offre et lui dit:

— Je ne sais pas jouer au trécarré et je ferais perdre ton équipe.

Dynamo insista, mais Pâquapable garda son idée.

Quelques jours plus tard, alors qu'il faisait très chaud, Pistache le canard vint inviter Pâquapable à faire des châteaux de sable sur la plage. Pâquapable s'empressa

aussitôt de lui répondre qu'il ne savait pas comment construire un château de sable et qu'il préférait rester seul à dessiner au pied de son arbre.

Par la suite, plusieurs animaux invitèrent Pâquapable à venir s'amuser avec eux. Chaque fois, il refusait leur offre en leur disant:

— Je ne sais rien faire et il vaut mieux pour tout le monde que je reste seul sous mon arbre.

Un bon jour, par temps calme, alors que les animaux se reposaient, le vent se leva soudainement, emportant avec lui tous les dessins de notre ami lapin. Comme par hasard, la plupart se posèrent délicatement près de l'abri des animaux qu'il connaissait bien.

Lorsque le vent se calma, Dynamo, Pistache et les autres sortirent de leur maison et trouvèrent les dessins signés Pâquapable. S'apercevant que Pâquapable dessinait aussi bien, ils se précipitèrent chez lui pour le féliciter. Notre ami fut très surpris de recevoir autant de compliments et il réalisa alors qu'il savait faire quelque chose de bien lui aussi.

En constatant qu'il était doué pour faire de beaux dessins, Pâquapable prit enfin sa place parmi les animaux de la forêt. Il enseignait à ses amis comment dessiner, et eux lui montraient de nouveaux jeux. Par la suite Pâquapable se découvrit toutes sortes de capacités pour réussir bien d'autres activités. Il était heureux. Il acceptait les invitations de ses amis et il pouvait s'apercevoir enfin qu'il réussissait aussi bien qu'eux tout ce qu'il entreprenait.

43

Le Sculpteur

Il y avait, dans un pays bien loin d'ici, un homme reconnu pour sa maladresse. Les autres le trouvaient maladroit et lui aussi se trouvait malhabile, à force de se le faire répéter par son père, sa mère, ses frères, ses sœurs, ses amis, etc.

Cet homme, par contre, avait un goût particulier pour la sculpture, mais il se disait que jamais il ne pourrait devenir un grand sculpteur.

Au début, les morceaux de pierres taillées étaient démesurés et les éclats de pierre qui se détachaient du bloc étaient beaucoup trop gros. Ses œuvres étaient bizarres et ne ressemblaient à rien.

Plus notre ami travaillait, plus il s'épuisait et plus il était déçu par ses efforts.

Un soir, il s'endormit, exténué, au pied de son œuvre ratée et, en rêve, il se retrouva au paradis des sculpteurs, tout près de l'artiste dont il avait toujours admiré les chefs-d'œuvre.

Il resta longtemps derrière lui à observer et à étudier ses techniques. Si bien que le lendemain, au réveil, de plus en plus sûr de lui, il commença une nouvelle sculpture.

La nuit suivante, au cours d'un nouveau rêve, il pénétra à l'intérieur de son idole afin de ressentir, voir et écouter le vécu de cet homme. Pendant les semaines suivantes, le jour, il travaillait dans son atelier, et la nuit, il s'exerçait dans ses rêves.

Il appliquait maintenant à sa façon les techniques apprises, en utilisant graduellement sa créativité.

Il avait de plus en plus confiance en lui et savait maintenant qu'il était capable de produire une œuvre qui lui plairait et le satisferait, peu importe ce que les autres pourraient penser de lui.

Il continua alors à sculpter de plus en plus, et sa popularité augmenta de jour en jour.

Quelque temps plus tard, on organisa un concours et notre ami fut choisi pour réaliser la sculpture qui devait décorer l'entrée de l'hôtel de ville.

Et c'est ainsi que se termine l'histoire d'un sculpteur qui a appris à se dépasser et qui est allé au bout de ses rêves malgré ce que les autres pouvaient penser.

Le lionceau Benji

Jadis, il y avait au plus profond de la jungle un lionceau nommé Benji qui ne suivait pas les leçons, pourtant si importantes, de son père.

Pendant que les autres lionceaux apprenaient à chasser, à pêcher, à se défendre des autres animaux, à survivre en forêt et à se débrouiller s'ils se perdaient dans la jungle, Benji, lui, se faisait bronzer au soleil, barbotait sur le bord de l'eau, sautillait avec les grenouilles et s'amusait avec les tortues. Il trouvait qu'apprendre n'était pas important.

Un jour, Benji se fit attaquer par un tigre et il eut très peur car il ignorait quoi faire; il n'avait pas appris. Il cria si fort que ses frères et sœurs vinrent à son secours et lui sauvèrent la vie.

Benji décida alors d'aller voir son père et de lui demander des cours particuliers; il lui promit de travailler deux fois plus fort pour rattraper le temps perdu.

Son père accepta... et Benji fit très rapidement des progrès.

Quelques années plus tard, il remplaça son père. Devenu Roi de la jungle à son tour, il montra à ses enfants l'importance d'apprendre plein de choses pour se débrouiller dans cette forêt parsemée de pièges de toutes sortes.

Petit Pinot

Depuis des générations et des générations, une colonie de lièvres habitait dans les basses terres du Nadaka. Ce territoire, de plus en plus pauvre, chacun de ses membres le connaissait bien et nul n'osait en dépasser les limites parce que tous affirmaient qu'on ne devait pas s'y aventurer.

Petit Pinot, un peu plus futé que les autres, voyait bien les vallées verdoyantes et les forêts de pins blancs, de sapins bleus et d'épinettes rouges des alentours, mais il hésitait à en faire l'exploration. Son père lui avait toujours répété que les lièvres sont des animaux timides et fragiles et qu'ils sont de la race des «minus».

— Il faut se contenter de ce que l'on a et se considérer chanceux, répétait d'ailleurs souvent son grand-père.

Quelquefois, Petit Pinot osait partager ses rêves d'évasion avec d'autres lièvres plus âgés, mais ces derniers se contentaient de hocher la tête en disant simplement qu'ils étaient nés sur ce territoire et que, s'ils avaient eu à vivre dans d'autres secteurs, ils seraient nés là-bas.

Plus le temps passait, plus Petit Pinot avait le regard triste et était déçu d'être né dans une forêt dégarnie; mais, à l'intérieur de lui-même, il sentait déjà monter une force inconnue.

Un jour qu'il gambadait près de la rivière aux Pépites d'or, il fit la rencontre de Ruzy le renard et se lia d'amitié avec lui. Ruzy lui fit comprendre que les prés et les forêts sont accessibles à tout le monde et qu'ils sont remplis de richesses de toutes sortes, mais qu'il faut du courage pour foncer vers ces lieux inconnus.

Petit Pinot commença par de petites excursions sur les territoires voisins et réalisa que la nourriture y abondait. Lorsqu'il revenait, il en ramenait même à ses amis. Les autres animaux de la forêt admiraient son audace et son courage.

Voyant cela, les autres lièvres

de la colonie imitèrent Petit Pinot et partirent de plus en plus loin à la découverte de brindilles, de tiges délicates, de jeunes pousses et de bourgeons bien dodus, tous plus délicieux les uns que les autres. Peu à peu ils acquirent la satisfaction d'avoir réussi à relever des défis qu'ils croyaient impossibles à réaliser et ils explorèrent toujours plus loin les paysages voisins tout en étant très fiers de revenir sur leur terre natale qu'ils aimaient par-dessus tout.

Ils se taillèrent une réputation de choix; les autres animaux les accueillaient et les respectaient pour leur bravoure.

La joie de vivre se lisait maintenant dans les yeux rouges des lièvres blancs originaires des basses terres du Nadaka.

Allégo s'amuse...

Pourrais-tu résoudre cette énigme:

Je suis fine et brillante;

Mon corps est gracieux;

Quand j'ouvre les jambes

J'écarte aussi les yeux.

Qui suis-je?

Réponse page 151

Dragor et l'enfant

Victor était un garçon qui n'avait pas beaucoup confiance en lui, et tous les soirs, il jouait avec son dragon en peluche. Comme d'habitude, la maman de Victor lui donna un baiser avant de le quitter pour la nuit. Ce soir-là, il s'amusa plusieurs heures avec son dragon qu'il avait nommé Dragor; il imaginait un scénario qui devait le rendre vivant.

Soudain, après avoir prononcé une formule magique d'enfant, le dragon devint vivant. Dragor se mit à parler; il expliqua à Victor, stupéfait, que s'il voulait qu'il reste vivant, il devait traverser une lourde épreuve. Immédiatement Victor dit qu'il ne serait jamais capable de surmonter quelque épreuve que ce soit. Finalement, après une discussion et voyant qu'il n'y avait pas d'autre moyen de sauver son dragon, Victor décida d'essayer.

Il partit avec un arc et des flèches magiques que le dragon lui avait confiés. Après une heure de marche, il n'avait rencontré aucune difficulté dans sa mission et il était de plus en plus sûr de lui. Ce que le garçon ignorait, c'est qu'une meute de loups affamés le surveillait depuis un bon moment. Fatigué, Victor décida de s'arrêter un peu pour reprendre son souffle. D'un seul bond, le chef de la bande l'atteignit très facilement; il le fit tomber sur le sol et le griffa violemment.

Victor cria tellement fort et se débattit si vigoureusement qu'il réussit à se libérer des griffes du loup. Un ours, voyant cela, accourut au secours du gamin pour mettre la meute en fuite. Le jeune homme remercia l'ours qui lui offrit de l'accompagner dans sa mission, mais Victor refusa en disant qu'il ne serait pas capable de continuer. «Je vais retourner chez moi», dit-il.

«Tiens, prends ces griffes que j'ai au cou, dit l'ours, elles te guideront là où tu le désires et te protégeront quand tu en ressentiras le besoin.»

Victor accepta finalement; il prit son courage à deux mains et il repartit pour son long voyage. Il fallait faire vite car une nuit ne dure pas toute une vie et la magie disparaîtrait avec le lever du soleil.

D'un pas de plus en plus décidé, il continua sa route. Anxieux, il écoutait les mystérieux bruits de la nuit, quand tout à coup il sursauta à l'écho d'un bruit d'orage. Très nerveux, il essaya de se donner du courage en frottant les griffes entre ses doigts, ce qui le rassura.

Victor arriva alors sur le bord d'une rivière tumultueuse. Songeur, oubliant ce qui se passait autour de lui, il s'engagea dans la rivière, mais un crocodile agressif fonça à toute allure sur le gamin. Juste à temps, il sortit son arc et une flèche magique, la pointa sur le reptile et, en un seul coup, il l'atteignit. Comme par magie, le crocodile se transforma en une tortue géante qui accosta gentiment sur le bord de la rivière pour que Victor puisse monter dessus. Stupéfait de la magie des flèches, il accepta avec plaisir. Pendant son voyage, il en profita pour discuter de la poudre de vie qui se trouvait dans le pays enchanté des dragons. La tortue lui indiqua la route à suivre et, Victor l'ayant remerciée, il

continua son chemin car le temps passait très vite.

Arrivé au sommet d'une montagne bordant un précipice, il regarda autour de lui et constata qu'il était arrivé au pays des dragons. Il y avait là une multitude d'arbres rayonnant de santé, sauf l'un d'entre eux. Mystérieuse-ment, il fut attiré par cet arbre si étrange. Épuisé, il aperçut, re-gardant vers le ciel, une magnifique feuille coiffée d'une neige étincelante. Il tendit la main et la cueillit. Il effleura la poudre blanche, et instantanément, Dragor apparut dans un nuage de fumée.

Immédiatement, le dragon se jeta dans ses bras et le remercia de tous les exploits qu'il avait accomplis pour le garder en vie. Il le félicita ensuite pour son courage et sa ténacité.

Victor avait prouvé à son ami que lorsqu'on veut vraiment quelque chose, on peut l'obtenir, même si ce n'est pas toujours facile.

À partir de ce moment-là, on n'entendit plus jamais dire de la bouche de Victor qu'il n'était pas capable de faire quelque chose. Il avait fait disparaître ces mots de son vocabulaire et il était très fier de lui.

Carlos, le roi de la moto

Carlos, audacieux conducteur de moto, très connu en Europe, décida un jour de faire un voyage de repos à Montréal, après avoir fait bonne figure au dernier Grand Prix de Monaco.

À l'aéroport, une voiture de location l'attendait. Il s'installa au volant et il prit la direction du centre-ville pour descendre à son hôtel.

Mais comme vous connaissez sans doute l'achalandage du trafic routier dans une grande ville comme Montréal, vous vous doutez bien qu'il était impossible pour notre ami de faire de la vitesse! Pris dans un embouteillage, soumis aux feux de circulation, aux piétons et aux agents de la paix, le pilote impatient klaxonna, baissa la fenêtre de son véhicule, cria et insulta les autres conducteurs.

Enfin sorti de l'impasse et bouillonnant de colère, il accéléra imprudemment et entra en collision avec un autre véhicule. C'était la catastrophe!

À demi inconscient sur la chaussée, Carlos entrevit soudain, dans une sorte de nuage, son idole, le grand champion de moto, décédé tragiquement peu de temps auparavant, qui s'adressa à lui:

— Veux-tu connaître le secret de ma réussite? dit-il.

— Certainement! répondit Carlos.

— Vois-tu, reprit le héros, à ton âge, moi aussi j'étais énervé, excité, je voulais toujours être le premier. La plupart du temps, je ne tenais pas compte des autres! Souvent je sentais beaucoup de frustration, parce que je croyais qu'ils ne me comprenaient pas. J'étais très malheureux! Je croyais que c'étaient toujours les autres qui avaient tort... Jusqu'au jour où j'ai réalisé que tout venait de moi! Je voulais que les autres se comportent selon mes désirs, ma volonté... Maintenant, je sais que j'ai à respecter les désirs des autres et à me plier à certains de leurs règlements. Finalement, le secret de ma réussite a été de me dépasser moi-même. Le fait de développer la patience, la tolérance et la courtoisie m'a permis de devenir plus autonome, d'être aimé et accepté des autres. Pense à ce que je t'ai dit et tu seras plus heureux.

À son réveil et, heureusement en bonne santé, notre intrépide ami reprit le volant et se dirigea vers le centre-ville d'une tout autre façon...

Allégo s'amuse...

Pourrais-tu répondre à cette interrogation:

J'ai quatre pieds et une tête,
et je ne vis pas.

Qui suis-je?

Réponse page 151

Géni, le petit koala

Au pays des Koalas, tout près de l'Australie, vivait une famille très heureuse. Il y avait la maman, le papa et un joli petit koala que l'on appelait Géni. Tout le monde était joyeux, jusqu'au jour où un autre petit koala arriva dans la tanière.

À partir de ce moment-là, la paix et le calme furent troublés de plus en plus souvent par des cris et de la discorde. D'abord, la famille dut changer de grotte parce qu'il n'y avait plus assez d'espace pour jouer, manger et dormir. Géni avait donc perdu tous ses amis et il avait du mal à se faire de nouveaux copains. De plus, comme le nouveau venu était aussi très beau, tout le monde le remarquait et s'occupait beaucoup de lui.

Plus le temps passait, plus notre petit Géni avait de la difficulté à faire sa place dans cette belle famille. Il se sentait rejeté. Ses parents étaient très occupés et il n'osait plus leur demander de le caresser ou de le garder tout contre eux. Il pensait que son papa et sa maman ne l'aimaient plus, et il se sentait bien seul.

Comme Géni était très intelligent, il avait remarqué que lorsqu'il faisait des bêtises, ses parents s'occupaient plus de lui. Chaque fois qu'il faisait une chose qui les ennuyait ou les contrariait, son papa et sa maman s'arrêtaient pour le gronder. Géni devenait alors le centre d'intérêt de la maison. Il se mit donc à faire de plus en plus d'idioties. Avec le temps, les sottises prirent davantage de place dans la vie de Géni. Il les étendait même à la grandeur de son entourage. Si bien qu'il avait encore plus de mal à se faire des amis, car les gens le repoussaient. Il se sentait de moins en moins aimé. À l'école, il lui semblait que les professeurs le surveillaient tout le temps et que tout était mis sur son dos. Les choses avaient pris de telles proportions que, même s'il voulait faire une bonne action, cela se retournait contre lui. Lorsqu'on lui en parlait, il jurait que ça ne lui faisait rien. Pourtant, dans le fond de son cœur, il était bien triste et malheureux. À tel point qu'il fuyait de plus en plus la compagnie des autres.

Une nuit, alors qu'il dormait profondément, notre ami se sentit soudain attiré vers un endroit merveilleux. Dans ce lieu rempli d'amour, de paix et de calme, il y avait un immense arc-en-ciel aux couleurs flamboyantes. Venu de nulle part surgit bientôt un personnage extraordinaire, entouré d'une sorte de nuage aux coloris magnifiques. Notre petit Géni n'en croyait pas ses yeux et ne savait plus quoi dire. C'est alors que le messager s'approcha de lui et déposa sa main sur sa tête en disant:

— J'ai un secret pour toi. Tu es présentement dans le monde intérieur de ton cœur. Vois comme tu es beau et comme ton amour est grand. Chaque fois que tu te sentiras malheureux, ferme les yeux et imagine un soleil étincelant. Puis répète ces trois mots à l'intérieur de toi: COULEUR,

CHALEUR, DOUCEUR. Cette formule magique ouvrira les portes de ton cœur et te guidera... Tu ressentiras alors un bien-être particulier et tu éviteras de faire des bêtises.

Le lendemain, alors que son père le grondait d'avoir fait tomber son petit frère sans le faire exprès, Géni se souvint de la formule magique de son guide et il l'appliqua. Quelle ne fut pas sa surprise de voir que cela fonctionnait vraiment. Comme il se sentait bien!

Il se mit donc à se servir de plus en plus souvent de la formule magique, et tout se transforma autour de lui. De jour en jour, il se faisait de nouveaux amis, et tous les gens étaient différents avec lui et lui avec eux.

Notre petit Géni continue encore aujourd'hui d'utiliser sa formule secrète. Il entretient maintenant de bonnes relations avec sa famille et s'amuse bien avec ses amis.

Allégo s'amuse...

Pourrais-tu résoudre cette charade:

Mon premier est le contraire de *dur*;

Mon second est un poisson
de l'océan Atlantique;

Mon tout est frisé et possède une fourrure
qui est reconnue pour sa chaleur.

Qui suis-je?

Réponse page 151

Grujot et Grognon

Un jour, une famille de castors avait établi sa demeure sur une rivière au cours tranquille.

Papa et maman castor s'occupaient du barrage principal tandis que Grujot, l'aîné, entretenait celui de droite, et Grognon, celui de gauche.

Au début, tout allait bien et chacun travaillait consciencieusement à sa tâche quotidienne.

Mais, peu à peu, sans trop qu'il sache pourquoi, Grognon était devenu de plus en plus agressif envers son frère.

Il disait souvent que ses parents aimaient mieux Grujot, qu'ils s'occupaient plus de lui et qu'il avait les meilleures portions de nourriture. Il disait même que, lorsque venait le temps de partager le dernier morceau de racine pour le dessert, c'était toujours son frère qui avait la plus grosse portion.

Il affirmait aussi que le barrage de son frère était mieux situé que le sien, qu'il était plus près de celui de ses parents et qu'il occupait une position plus importante.

Trop préoccupé par toute l'attention que ses parents semblaient porter à son frère, Grognon délaissa peu à peu l'entretien de son écluse, croyant de plus en plus qu'elle était inutile.

Mais un jour, la crue des eaux se fit plus forte que d'habitude et la digue de notre ami commença à céder. L'eau s'écoulant de plusieurs endroits menaçait de rompre le barrage.

Immédiatement, ses parents et son frère accoururent pour réparer les dégâts, mais l'urgence de la situation exigeait qu'on fasse appel à une aide extérieure.

Papa castor se rendit donc chez l'ami de la famille, un garde-chasse qui habitait tout près et qui avait appris le langage des castors.

À la suite des explications de

papa castor sur l'événement en cours et le comportement de son fils, le garde-chasse comprit qu'il fallait faire vite. Il se rendit donc rapidement sur les lieux, et avec l'aide de toute la famille, il réussit à réparer la digue avant qu'elle ne cède complètement.

Par la suite, il invita Grognon à venir marcher dans le bois avec lui. Il lui fit part du désarroi de ses parents et de leur grand désir de voir son barrage reprendre sa place habituelle.

Grognon fut surpris d'entendre le garde-chasse lui dire que ses parents l'aimaient beaucoup et qu'ils étaient disposés à lui apporter tout le support nécessaire afin qu'il soit heureux et en sécurité.

Dans le but d'éviter des querelles sur le partage de la nourriture, le garde-chasse proposa par la suite aux deux frères qu'à l'avenir, à tour de rôle, l'un diviserait les portions et l'autre choisirait en premier celle qu'il désirait manger.

Les deux frères décidèrent également que désormais ils s'entraideraient dans l'entretien de leur barrage respectif.

À partir de ce moment-là, l'harmonie revint dans la famille car Grognon avait réalisé que son barrage, même s'il était différent de celui de son frère, était tout aussi important pour l'équilibre de la famille.

Balou, le petit nuage pas comme les autres

Comme vous le savez tous, les nuages ont un rôle très important à jouer dans l'univers. On dit que pour chaque ville ou village, il y a un certain nombre de nuages qui y sont rattachés. Ils ont pour missions, entre autres, de nous protéger du soleil et de distribuer la pluie selon les besoins.

On raconte que Balou, Neigette et Ouateuse avaient ainsi été désignés pour s'occuper du village de Familio en Italie. C'était un village gai, jovial, animé, où les gens vivaient heureux. Les tempêtes n'atteignaient que très rarement le village de Familio. Une seule ombre, cependant, au tableau: c'était le comportement de Balou.

Alors que Neigette et Ouateuse étaient toujours au bon endroit, au bon moment, et arrosaient le village lorsque c'était le temps, Balou, quant à lui, inondait le village lorsque les gens s'y attendaient le moins. Dès qu'il s'apercevait que les gens ne le regardaient pas, Balou leur servait alors une de ces averses que tous subissaient avec détresse.

Comme les gens en avaient assez du comportement de Balou, ils avaient désigné le sorcier du village afin qu'il consulte le dieu de la pluie. Le dieu utilisa les vents pour défaire Balou de sa mauvaise habitude. Puis les éclairs. Mais rien n'y fit. Même le tonnerre n'arriva pas à faire entendre raison à Balou. Il affirmait que ce n'était pas de sa faute, que c'était plus fort que lui. Il jurait aussi que ça le rendait très triste.

Ce n'est qu'avec l'intervention du Grand Soleil que la situation se modifia. En effet, il expliqua que lui, le Grand Soleil, devait distribuer un nombre minimum d'heures d'ensoleillement sur le village et les alentours. Il avertit Balou que s'il continuait à se comporter de la sorte, s'il continuait à faire pleuvoir plus souvent qu'à son tour, tout le système écologique serait déséquilibré. Il lui rappela qu'il était assez grand maintenant. «Tu peux apprendre à te contrôler, lui dit le Grand Soleil. Tu peux apprendre à me laisser la place au bon moment.»

Bientôt la joie de vivre revint au village de Familio, et Balou s'aperçut que les villageois le regardaient aussi souvent qu'avant, car ils étaient heureux de voir qu'il distribuait de l'ombre et de la pluie au bon moment et qu'il savait laisser la place au soleil quand c'était le temps.

Balou s'apercevait que même l'attitude des arbres, des récoltes, des pelouses, des fleurs et des jardins avait changé à son égard. On le regardait maintenant avec respect. Quant à Neigette et Ouateuse, elles admiraient beaucoup Balou pour les efforts qu'il avait fournis.

On raconte qu'un jour, quelque temps plus tard, le sorcier se déplaça en personne pour venir le féliciter de ses nouveaux comportements, ce qui rendit Balou encore plus fier de lui.

65

Allégo s'amuse...

Pourrais-tu résoudre cette impasse:

Un homme n'a qu'une allumette et
il y a une panne d'électricité.

Il entre dans sa maison où
il y a une chandelle, un poêle à gaz
et une lampe à huile.

Qu'allumera-t-il en premier?

Réponse page 151

Kooki, le petit chien

Kooki est un beau petit chien. Il a le poil roux et de belles oreilles pointues. Son maître l'aime beaucoup, mais Kooki est un peu tannant. Il jappe tout le temps et très fort. On dirait qu'il est toujours en train d'aboyer. Kooki aime beaucoup s'amuser, mais il veut toujours qu'on joue avec lui. Dans ces moments-là, il court chercher une pantoufle, revient, mord le bas des pantalons, cache des choses, ramène des objets qu'il prend n'importe où. Il dérange tout dans la maison. Les voisins se plaignent aussi du fait que Kooki brise leurs arbres et prend des jouets sur leur terrain.

Quand il va jouer dehors, Kooki se cherche des amis. Il y a beaucoup de chiens dans sa rue. Avant, ils venaient jouer avec Kooki mais plus maintenant. Ils sont tannés de lui. Kooki leur saute toujours sur le dos, il leur jappe dans les oreilles ou prend leurs os.

Kooki est de plus en plus malheureux. Il n'a plus d'amis chiens et son maître, même s'il l'aime bien, ne joue plus jamais avec lui.

Une nuit, Kooki entend du bruit dans la cuisine. Il se lève et va vite voir. Il ne réussit pas à japper tellement il est surpris de trouver son arrière-grand-père en train de se bercer dans sa chaise préférée. Le vieux chien lui dit: «Kooki, je sais que ta vie n'est pas bien facile ces jours-ci, c'est pour t'aider que je suis descendu du ciel cette nuit. Je veux te donner un cadeau. C'est un collier spécial. Quand on le porte autour du cou, il nous arrive des choses vraiment agréables.» Après avoir dit ces paroles, le vieux chien met le collier autour du cou de son chiot et disparaît aussitôt. Le petit chien retourne alors dans son panier pour finir sa nuit.

Le lendemain matin, Kooki court vers la salle de bains pour se regarder dans le miroir. Surprise! Il n'y a pas de collier autour de son cou. Pourtant il est certain de le sentir, ça serre un peu et ça tire les poils. Tant pis! Il doit être transparent.

Kooki a faim. Il va dans la cuisine. Son maître est assis à table. Il fait semblant d'ignorer l'entrée de son chien. Kooki mange dans son plat puis vient s'asseoir près de son maître car il aimerait bien jouer. Il attend quelques minutes, mais voit bien que son maître est occupé à lire son journal. Il décide d'aller dans le salon pour jouer avec un os en caoutchouc qu'on lui a acheté la semaine dernière.

Après une heure de jeu solitaire, Kooki revient à la cuisine et, sans bruit, il se rassoit près de son maître et attend. Après quelques minutes, le maître lève les yeux et le regarde avec un beau sourire et des yeux chaleureux. Cela faisait longtemps qu'on ne l'avait pas regardé avec ces yeux-là. D'habitude on le regarde avec des yeux fâchés ou méchants. Le maître se lève doucement et s'approche en lui disant qu'il est le chien le plus beau et le plus fin de toute la terre. Kooki est tellement heureux!

Ce matin-là, Kooki et son ami jouent ensemble pendant une demi-heure. Ensuite Kooki va dehors retrouver d'autres chiens qui s'amusent. Au début, les chiens n'ont pas l'air contents de le voir, mais Kooki joue tellement bien qu'ils acceptent qu'il reste avec eux. Après leur jeu, ils l'invitent même à leur local secret.

Kooki a tellement changé depuis sa rencontre de la nuit précédente! À partir de ce jour, il vit heureux avec son entourage et il se fait de plus en plus d'amis chiens...

Rapido et la sirène

Rapido était un petit poisson très vigoureux et il avait l'air d'être tout en or, car lorsque le soleil frappait sur lui alors qu'il était à fleur d'eau, son corps reflétait plein de rayons.

Rapido, qui était très intelligent, avait aussi un cœur d'or. Tout le monde l'aimait et il était gentil avec tous les gens autour de lui.

Cependant, Rapido avait beaucoup de difficulté à s'arrêter complètement. Lorsqu'il était avec ses amis et qu'il devait écouter attentivement les consignes du Grand Dauphin, qui lui enseignait tout ce qu'il devait savoir sur son monde, il n'arrivait pas à immobiliser sa queue ou ses ouïes. Il bougeait dans tous les sens: ou bien ses nageoires battaient de haut en bas, ou encore il décidait de nager à droite et à gauche, et ainsi de suite... Tous ces mouvements lui faisaient perdre sa concentration et plusieurs notions du Grand Dauphin échappaient à son attention.

Un jour qu'il était particulièrement énervé, il vit apparaître une grande sirène avec des cheveux tout en or qui lui fit signe d'approcher. Rapido était très impressionné car il avait beaucoup entendu parler des sirènes, mais c'était la première fois qu'il en rencontrait une pour de vrai.

La sirène se montra très gentille avec lui. Elle lui fit part qu'elle avait remarqué depuis un certain temps son besoin de bouger tout le temps.

Rapido lui expliqua qu'il avait tout essayé mais que c'était plus fort que lui; il était incapable de se maîtriser.

Alors la sirène lui demanda de bouger d'abord sa queue, puis de la stabiliser. Ce qu'il fit sans problème; ensuite elle lui demanda de faire la même chose avec ses ouïes, ses nageoires, etc.

Il prit soudain conscience que c'était son cerveau qui contrôlait tous ses organes.

Elle lui demanda également de prendre de grandes respirations et il s'aperçut que cela aussi le calmait.

Soudain, la sirène disparut comme elle était venue, laissant un souvenir extraordinaire à Rapido, qui, peu à peu, commença à se contrôler.

Quelque temps après, Grand Dauphin lui remit un diplôme parce qu'il avait remarqué que son attention s'était beaucoup améliorée, qu'il était plus calme et plus sûr de lui et que ses apprentissages étaient remarquables.

71

Allégo s'amuse...

Pourrais-tu répondre à cette interrogation:

Je peux être fait de neige ou d'avoine.

Qui suis-je?

Réponse page 151

Petit-Pois et Plume

Petit-Pois était un jeune garçon souvent triste et en colère, sans trop savoir pourquoi. Depuis qu'il était tout petit, on lui avait donné ce nom-là, mais il n'en connaissait pas la raison. Il n'avait pas souvent le goût de s'amuser.

Petit-Pois était tellement triste que même les cailloux par terre le dérangeaient. Si bien qu'il leur donnait de très gros coups de pied lorsqu'il les croisait. Il trouvait que les arbres étaient gros et laids et que les oiseaux, eux, chantaient trop fort. De plus, il disait souvent qu'il se trouvait «poche».

Un jour, Petit-Pois, tout en marchant dans la forêt, décida de s'asseoir par terre, tout près du ruisseau qu'il aimait tant. Tout à coup, il vit un petit ours blanc s'approcher de lui.

— Bonjour, jeune homme! lui dit le petit ours.

Petit-Pois ne répondit pas.

— Est-ce que ça va bien? reprit l'ours.

— Non, et fiche-moi la paix! répondit Petit-Pois.

Le petit ours tout blanc, tout rond comme une boule de coton, dit à Petit-Pois qu'il connaissait beaucoup de petits garçons et de petites filles comme lui qui n'avaient le goût de parler à personne.

— Sais-tu quoi? dit le petit ours. Je connais un beau papillon avec des ailes aux coloris de l'arc-en-ciel. Il est très joli avec toutes ces couleurs douces comme un petit vent sur nos joues et il est léger comme une plume.

Le petit ours se mit à rire.

— Cela me fait rire, dit le petit ours, car justement ce papillon s'appelle Plume!

Papillon Plume écoutait tous les secrets des enfants qui, comme Petit-Pois, voulaient bien dire des choses à quelqu'un quand ils étaient tristes ou en colère, ou quand ils voulaient simplement parler.

Petit ours expliqua à Petit-Pois comment il devait faire pour voir ce beau papillon:

— Quand tu as le goût de raconter des secrets à quelqu'un, surtout le soir avant de t'endormir, tu n'as qu'à penser très fort à Plume le papillon et tu pourras probablement le sentir.

Eh bien! Vous ne me croirez peut-être pas, mais un soir, Petit-Pois a vu et senti ce joli papillon Plume aux ailes couleurs de l'arc-en-ciel. Il a même pu lui parler très longtemps, lui racontant plein de choses, car il savait bien que Plume n'irait jamais le dire à personne à moins que ce ne soit vraiment nécessaire.

Le lendemain matin, Petit-Pois se sentait beaucoup mieux. Le paysage devint radieux et le chant des oiseaux lui faisait davantage plaisir. Même ses notes scolaires se sont améliorées depuis ce temps-là!

Quant à toi, aimerais-tu voir ce joli papillon? Chut! C'est un secret... Eh bien! Tu as la solution: tu pourrais penser très fort à Plume, le joli papillon aux ailes arc-en-ciel et lui raconter tes soucis et tes problèmes... Tu verras ce qui arrivera par la suite!

75

Le mystère de Rouquine

Il était une fois une magnifique petite chatte angora qui s'appelait Rouquine. Elle vivait dans une belle maisonnette. Pourtant elle n'était pas tout à fait heureuse, car les choses ne se passaient pas toujours comme elle le souhaitait à la maison.

Dans sa famille, il y avait souvent des querelles et toutes sortes de choses désagréables. Parfois, son grand frère l'agaçait et la taquinait beaucoup trop; d'autres fois, c'était sa mère qui criait ou encore lui défendait d'agir selon ses goûts. En somme, à la maison, Rouquine avait rarement la paix souhaitée et elle se sentait souvent bien seule avec ses problèmes.

Les amis d'école trouvaient que Rouquine souriait très peu. Parfois elle leur paraissait très fatiguée, tellement elle bâillait en classe. Et bien chanceux les amis qui pouvaient lui parler, car Rouquine était peu bavarde. Elle disait rarement ce qu'elle pensait.

Un jour, Rouquine arrive en classe toute différente. Quel changement! C'était à peine croyable! Curieusement, depuis ce jour, Rouquine sourit tout le temps; elle est pleine d'énergie au travail et les amis se bousculent autour d'elle pour tout entendre ce qu'elle a à dire, tellement elle parle. Elle a tant de choses à dire ou à raconter! Que s'est-il passé? Pourquoi ce changement de comportement? Mystère! seule Rouquine le sait vraiment.

Certains racontent que Rouquine voit les choses autrement parce qu'une bonne fée lui aurait donné plein de courage pour affronter les difficultés. D'autres disent qu'un magicien lui aurait donné le don de changer sa vision des choses, car Rouquine possède maintenant un bouton magique dont elle peut se servir n'importe quand et aussi souvent qu'elle le désire.

J'ai entendu dire que ce bouton magique était tout simplement placé sur son oreille droite. Rouquine ne peut le voir. Mais le bouton magique y est vraiment, car Rouquine n'a qu'à frotter son oreille droite et aussitôt le bouton magique accomplit des merveilles.

Et quelles merveilles! Le grand frère est tannant? La mère est impatiente? Le papa est en colère? Peu importe ce qui arrive, Rouquine a son bouton magique et elle s'en sert. Et elle l'utilise aussi souvent qu'elle en a besoin. Et chaque fois que Rouquine se sert de son bouton magique, elle se sent bien et ça va mieux. Voilà! C'est ainsi que continue le mystère de Rouquine. Elle utilise son bouton magique et, chaque fois, ça va mieux dans son cœur. Et malgré toutes les difficultés qu'elle rencontre, Rouquine sourit et elle a toujours plein de choses à raconter à ses amis.

77

Le perroquet Rocco

Rocco, un gentil perroquet, habitait dans une ferme avec plusieurs autres animaux de la basse-cour.

Notre ami avait pris la fâcheuse habitude, depuis un certain temps, de raconter toutes sortes d'histoires pour attirer l'attention mais qui s'avéraient toujours fausses.

On raconte même qu'une fois, il réussit à faire croire à son ami le chat qu'il devait aller au village rencontrer ses parents qu'il n'avait pas vus depuis très longtemps. Quand le chat arriva sur les lieux, il constata que ce n'était qu'une autre mauvaise plaisanterie inventée par Rocco.

À partir de ce moment-là, le perroquet perdit l'estime et la confiance de ses amis et plus personne ne voulut jouer avec lui.

Or, par un bel après-midi ensoleillé, alors que le propriétaire de la ferme était absent, les animaux décidèrent de partir en excursion sans le perroquet. Rocco était seul à la ferme, quand, tout à coup, il constata un début d'incendie. Vite, il s'envola pour avertir ses amis de la tragédie qui les menaçait, mais ils l'ignorèrent.

Désespéré, le perroquet essaya de leur faire comprendre la gravité de la situation mais sans plus de résultat.

Heureusement, l'aigle veillait sur ses amis et il arriva à toute vitesse pour confirmer les dires de Rocco.

Aussitôt, les animaux retournèrent rapidement à la ferme et réussirent à éteindre le feu à temps.

Notre perroquet, qui se sentait malheureux d'avoir perdu la confiance de ses amis, comprit alors que tout ce qui lui arrivait était de sa propre faute.

Rocco décida alors de toujours dire la vérité à l'avenir, quoi qu'il advienne, et peu à peu il réussit à regagner la confiance de tous ses amis.

Faufilou, le petit écureuil

C'était l'automne dans le sous-bois des grands marais. Toute la colonie d'écureuils s'agitait agilement. Les petits rongeurs couraient à gauche et à droite, montaient et descendaient à toute vitesse leurs petites autoroutes, les bajoues pleines de noisettes, de graines et de fruits séchés. Les provisions d'hiver s'organisaient dans le bonheur et la joie d'être ensemble. On se taquinait et riait de bon cœur. Le roi des écureuils encourageait son équipe en se promenant, tout souriant.

Tout allait bien jusqu'au jour où il aperçut le petit Faufilou empruntant un chemin inhabituel.

À la tombée de la nuit, il s'en fut vérifier ce qui se passait, pour découvrir, oh! malheur! que Faufilou entassait une quantité anormale de réserve hivernale.

Le lendemain matin, plusieurs écureuils vinrent lui confier que leurs provisions, pourtant accumulées au prix de grands efforts, avaient sérieusement diminué. On travaillait le cœur lourd… L'entrain avait disparu… Personne ne riait… La méfiance s'était installée.

Le roi des écureuils convoqua les parents de Faufilou pour leur exposer le problème. Le papa et la maman avaient également constaté la disparition de quelques réserves et s'en trouvaient fort attristés. Ils résolurent de consulter le sage hibou grisonnant pour lui expliquer la situation. Hibou grisonnant leur fit voir que, sans doute, Faufilou ne réalisait pas toute la peine qu'il causait. Il leur suggéra de convoquer la colonie entière pour tenter de ramener la joie de vivre et l'harmonie.

Le roi des écureuils s'adressa à ses sujets en ces termes:

— Mes amis, je vois bien que le bonheur nous a quittés. Les provisions d'hiver ont baissé chez certains d'entre vous. Tous sont inquiets. Malgré votre travail acharné, votre survie pour l'hiver à venir est menacée. Quelqu'un parmi nous a sûrement le moyen de ramener la bonne entente et la joie de vivre chez nous. À chacun d'y penser et de voir ce qu'il peut faire pour redresser la situation.

Faufilou s'en retourna au boulot très pensif. «Qu'est-ce que je vais faire? Je leur dis ou je retourne le butin!... Non, je ne peux pas leur dire, je suis trop gêné...» La nuit venue, il s'en fut chercher les précieuses provisions pour les remettre à leur place.

Le lendemain matin, au réveil, une grande surprise attendait les écureuils: les réserves étaient revenues...

Patte de velours

Il était une fois un petit lapin nommé Patte de velours qui avait un léger problème lorsqu'il courait. Ainsi, à chaque saut qu'il faisait, il sautait un peu plus haut que les autres.

Jusqu'à l'âge de six mois, il se croyait comme les autres et même un peu plus fort. Bientôt, certains lapereaux, un peu jaloux à cause de l'attention que les adultes lui portaient, se mirent à le taquiner. Rien de bien méchant, mais à la longue, c'était devenu agaçant...

Irrité par la situation, notre ami Patte de velours ne passait maintenant pas une journée sans une prise de bec avec l'un ou l'autre de ses copains et le tout se terminait habituellement par une bousculade. De plus, il avait toujours l'impression que c'étaient les autres qui commençaient les querelles, et lorsque maître Lapin le grondait, il répliquait en disant que ce n'était pas de sa faute.

Un jour, lors d'une mésaventure avec un compagnon, l'un de ses amis le filma et Patte de velours réalisa, en visionnant la cassette, qu'il était responsable autant que l'autre de la dispute.

À partir de ce jour, il changea son attitude envers les autres et il se fit beaucoup d'amis. Tous le trouvaient champion parce qu'il courait un peu plus vite que les autres certes, mais surtout parce qu'il savait maintenant admettre ses torts.

83

Allégo s'amuse...

Pourrais-tu résoudre cette énigme:

J'ai des ailes et je ne suis pas un oiseau;

Pourtant, je vole aussi bien que le moineau.

Qui suis-je?

Réponse page 151

Johnny Guitare

Combien de jeunes, comme Johnny, sont, depuis fort longtemps, fascinés par ces artistes qui semblent trouver si facile de jouer de la guitare. On dirait que, pour eux, c'est comme une seconde nature.

Aussi, Johnny passait souvent des heures et des heures à écouter et à regarder tel groupe de musique pop, rock, hard rock, heavy metal, country, etc.

Si bien qu'il reçut, un jour, pour sa fête, le cadeau tant convoité: une guitare. Il n'en croyait pas ses yeux et il demeurait là, sans rien dire, à admirer l'instrument de ses rêves.

Naturellement, peu de temps après, il était inscrit à l'école de musique de son quartier. Il répétait beaucoup et il progressait très rapidement. Son professeur et les autres élèves trouvaient qu'il avait énormément de talent.

Cependant, il avait du mal à se faire des amis car, aussitôt qu'il se passait quelque chose pendant les pauses ou au moment des répétitions du groupe, Johnny s'empressait d'aller raconter au professeur tout ce qu'il avait vu ou entendu. Même que, parfois, il en rajoutait un peu et il étirait la vérité. On disait de lui qu'il était un «panier percé».

Lorsqu'un conflit éclatait entre ses compagnons et que certains se bousculaient un peu, il se hâtait, dès son retour en classe de musique, de raconter l'affaire en détail au professeur.

Pas besoin de vous dire qu'il était devenu le mouton noir du groupe et que tous le fuyaient.

Son professeur, qui détestait cette façon d'agir, l'avait souvent averti de garder ces événements pour lui; mais Johnny disait que c'était plus fort que lui. Il était bien malheureux de la situation, mais il ne savait pas quoi faire pour s'améliorer.

Un jour, on annonça que son groupe de musique favori devait

débarquer prochainement en ville. Johnny fit la file pendant six heures pour réussir à se procurer un billet d'entrée. Il était tellement heureux de pouvoir assister à une telle représentation qu'il répétait à la guitare presque jour et nuit.

Lors du spectacle, il avait des fourmis dans les jambes et les doigts. Dès le début de la soirée, les différents systèmes d'éclairage le transportèrent dans un autre monde, et Johnny chanta et dansa jusqu'à en perdre haleine...

Puis il y eut les séances d'autographes. Tout le monde se bousculait autour de l'idole de Johnny qui pensait ne jamais pouvoir l'atteindre. Et au moment où il présenta son bout de papier au grand guitariste, il y eut comme un instant magique. Ce fut comme si le monde s'était arrêté de tourner... L'artiste lui prit la main, admira ses longs doigts effilés et durcis par les nombreuses heures de répétition, et, le regardant droit dans les yeux, il lui dit simplement:

— Avec de tels trésors, tu pourras devenir un roi de la guitare.

Johnny éclata alors en sanglots et raconta en vitesse ses malheurs à son héros.

— Tout se passe là-dedans, mon ami, fit la star qui montrait sa tête avec son doigt. Si tu sais si bien contrôler les mouvements sur ta guitare, tu peux parfaitement maîtriser toutes les autres situations de ta vie. C'est à toi de le faire. Tiens, prends ce «pic», et souviens-toi de mes paroles!

Puis, il disparut dans la foule en lui faisant un signe de la main.

Johnny ne dormit presque pas de la nuit. Il jouait une mélodie de temps en temps avec le «pic» de son idole, mais il avait très peur de le briser. Alors il le plaça, bien en vue, au-dessus de son lit et il l'admira. À la fin de la nuit, il avait choisi son nom de scène: il s'appellerait Johnny Guitare.

Au matin, c'est un «nouveau» garçon qui entra dans la classe de musique. Même s'il passa sous silence sa rencontre avec son idole, Johnny avait pris une grande décision.

Peu à peu, Johnny apprit à se contrôler. Il s'efforça réellement de s'occuper de ses propres affaires. Et, peu à peu, il regagna l'amitié et l'admiration de ses compagnes et compagnons de classe.

Allégo s'amuse...

Pourrais-tu résoudre cette charade:

Mon premier est une pièce
de monnaie canadienne;

Mon second, c'est ta réaction
lorsque tu as bien du plaisir;

Mon tout est un petit animal
qui fuit les chats.

Qui suis-je?

Réponse page 151

Promo, l'écureuil volant

C'était l'automne, et l'hiver approchait à grands pas. Promo, jeune écureuil volant, vivait avec ses parents dans une forêt où il y avait de beaux chênes et une multitude d'arbres fruitiers. Toute la famille était occupée à accumuler les provisions avant que le manteau blanc n'ait recouvert leur territoire.

Un jour, papa écureuil demande à Promo:

— Veux-tu, aujourd'hui, approcher beaucoup de glands au pied du vieux chêne, près des sapins que tu vois là-bas?

— Oui, papa! répond Promo, heureux. Je suis content de faire ma part.

Et voilà notre ami qui se met à l'ouvrage et commence son travail avec cœur.

Près de la moitié des provisions sont déjà déménagées, lorsque arrive Maxi, l'ami de Promo.

— Hé! Promo! lui dit son copain. Viens jouer dans les champs d'avoine avec moi! Puis, nous voltigerons d'une branche à l'autre.

Maxi sait bien que c'est l'activité favorite de Promo que de planer entre les différents arbres du secteur.

— Non, pas tout de suite, dit Promo. Il faut d'abord que je termine mon travail!

— Ce n'est rien! riposte Maxi. Tu finiras ce soir ou demain.

— Non, mes parents m'ont demandé de faire ce travail aujourd'hui et j'ai promis! reprend Promo.

— Si tu ne viens pas, tu ne seras plus mon ami... Tu joueras tout seul... Tout le temps! réplique Maxi.

Comme Promo a peur de perdre son meilleur ami, il prend la clé des champs avec lui, au lieu de faire son travail. Il ne pense pas aux conséquences...

Promo joue tout l'après-midi...

À la fin de la journée, les

parents rentrent à la maison pour se reposer de leur travail. À leur grande surprise, Promo n'est pas visible, et la provision de glands n'est pas transportée!

Quand Promo apparaît, ses parents sont mécontents et lui demandent:

— Promo, d'où viens-tu? Qu'as-tu fait? Pourquoi y a-t-il si peu de glands de déplacés?

Promo, un peu mal à l'aise, répond:

— C'est la faute à Maxi. Il a voulu que j'aille jouer avec lui dans les champs d'avoine. Si je n'y allais pas, il ne voulait plus être mon ami. Je ne veux pas perdre mon meilleur ami!

— C'est dommage! réplique son père. Alors va te coucher immédiatement, et demain matin tu te lèveras de bonne heure pour terminer ton travail.

La neige tombe toute la nuit et les glands disparaissent sous la couche de cristaux blancs. Au matin, Promo, découragé, se met à l'ouvrage. Ce n'est pas drôle de chercher des noix dans la neige

et de les apporter près du chêne! Notre ami a froid... Il pleure... Tout à coup, le lièvre Servico arrive en gambadant dans cette première couche de neige folle et demande à Promo:

— Pourquoi pleures-tu?
— Mes parents m'obligent à ramasser les glands que je n'ai pas apportés près du chêne hier. Maxi m'a demandé de jouer avec lui et je n'ai pas su lui refuser, de peur de perdre son amitié.
— Promo, je te comprends: tu as de la difficulté à dire non. Je vais t'aider si tu veux, mais uniquement pour cette fois!

Servico le lièvre, avec ses pattes agiles, sort les glands de la neige, et Promo court les porter auprès du chêne. Quand la provision est terminée, Servico dit à Promo:

— Tu sais, je ne serai pas toujours là pour t'aider! Tu devras apprendre à dire non quand tu jugeras que tu as quelque chose de plus important à faire ou quand tu n'auras pas le goût de faire ce qu'un ami te propose.
— J'ai compris! dit Promo.

Allégo s'amuse...

Pourrais-tu répondre à cette question:

Je suis un poisson bien connu
mais je n'ai pas d'arêtes.

Qui suis-je?

Réponse page 151

Finot et le grand duc[*]

Peut-être avez-vous déjà entendu parler de Finot, ce jeune renard devenu célèbre dans toutes les forêts du nord des Amériques...

Il habitait avec ses parents dans une contrée plus ou moins accueillante, là où les feuillus se dégarnissent très tôt en automne et où les conifères sont les gardiens de la nature pendant la saison froide.

La particularité de Finot, c'était que son poil roux l'obligeait à prendre beaucoup plus de précautions que la plupart de ses semblables pour se camoufler dans la forêt. Ainsi, il pouvait se mettre à l'abri de ses ennemis et des chasseurs à la recherche de sa précieuse fourrure.

Ses parents l'avaient placé sous la garde de Maître Renard. Ce dernier devait lui apprendre, ainsi qu'à ses semblables, les différentes techniques de survie en forêt, les nombreux comportements à adopter devant les situations difficiles, et la façon de relever les défis de la vie quotidienne.

Finot aimait bien Maître Renard et il était attentif à appliquer les consignes apprises pendant ses cours. Mais aussitôt qu'il se retrouvait seul avec ses amis, il retombait dans ses vieilles habitudes et ignorait les notions apprises. Même son papa et sa maman, qui pourtant connaissaient bien l'importance d'appliquer les techniques apprises par Finot, oubliaient de l'encourager à les utiliser ou de les utiliser eux-mêmes.

Finot se sentait malheureux et inquiet devant cette situation. D'un côté, il ne voyait pas l'importance d'apprendre toutes ces techniques. D'un autre côté, il réalisait bien que ces enseignements pourraient, un jour, lui sauver la vie. Bien souvent, il se sentait isolé et incompris, et les autres se moquaient régulièrement de lui quand il essayait de les mettre en pratique. Parfois même, il en avait honte.

Un jour qu'il s'était endormi

au pied du grand chêne centenaire qui dominait toute la vallée, il fut soudainement réveillé par le cri strident d'un grand duc perché au sommet de l'arbre.

Mystérieusement, le chêne se mit à lui parler.

«Je vois bien que tu es très triste, dit le colosse, et je constate aussi que tu as du courage car je t'ai vu, plusieurs fois, tenter d'appliquer les techniques que Maître Renard t'a si bien apprises. J'ai vu de nombreux renards, roux comme toi, qui n'avaient pas appliqué les techniques proposées et qui se sont laissé piéger. Je pense que tu as raison de vouloir les mettre en pratique car c'est ainsi que tu pourras assurer ta survie.»

Ce sur quoi, le grand duc prit la parole: «Tu sais, Finot, le grand chêne a raison. Moi aussi, j'ai été témoin de bien des malheurs dus à la négligence des renards roux. J'ai survolé tous les territoires voisins et j'ai constaté que plu-sieurs d'entre eux mettent leur vie en danger en négligeant de mettre en pratique les conseils proposés.»

À la suite de cette rencontre extraordinaire, Finot décida d'appliquer, en dehors de la classe avec ses amis, et même à la maison avec ses parents, les techniques apprises. Peu à peu, les gens autour de lui, voyant son courage et sa détermination, décidèrent eux aussi d'appliquer les conseils de Maître Renard. Bientôt, Finot fut reconnu comme quelqu'un d'important. On lui donna même le titre de *Fin Finot*!

Régulièrement, il allait rendre visite à Grand Duc qui était très fier de lui. Grand Duc allait même le citer en exemple dans les autres territoires, et peu à peu, les renards roux de toutes les régions nordiques de l'Amérique mirent en pratique avec succès les enseignements de leur Maître Renard. Les renards roux font maintenant leur vie autrement.

* Produit avec la collaboration des participants du 4ᵉ congrès de l'ACREF (Association canadienne des responsables et enseignants en français langue maternelle); Edmonton, Alberta, novembre 1999.

95

Allégo s'amuse...

Pourrais-tu résoudre cette impasse:

Je vais, je viens et je pars,
sans jamais quitter ma maison.

Qui suis-je?

Réponse page 151

96

Lucien, le dalmatien

Comme à tous les beaux jours ensoleillés, la bande de caniches du quartier se réunit dans le parc aux mille couleurs. Les chiens s'amusent toute la journée, et quand il fait beaucoup trop chaud, ils vont se baigner dans la rivière du petit bois ou bien ils s'allongent sous les arbres qui projettent de l'ombre sur le parc.

Les caniches sont bien connus du milieu, et leur groupe a, pour ainsi dire, envahi la place. Nul n'oserait s'approcher de ces chiens à l'allure distinguée et au regard hautain.

Un jour qu'ils se promènent comme à leur habitude, le plus vieux de la bande se redresse d'un seul coup:

— Regardez donc ce que je vois! dit-il.

Tous les autres tournent leur tête frisée.

— Hé! Vous avez vu comme il est sale! dit l'un.
— Eurk! Il a de grosses taches de boue toutes noires partout, partout! ajoute un autre.
— Il a de bien trop grandes pattes! réplique un troisième.
— Espérons qu'il ne s'approchera pas de nous… Il doit être plein de poux! murmure le plus jeune.
— On n'a qu'à faire comme s'il n'était pas là. On va aller jouer à la cachette. Suivez-moi, allons dans le bois, chuchote le plus vieux.

Le pauvre Lucien le dalmatien les regarde s'en aller, une larme au coin de l'œil. Il se dit qu'il va marcher jusqu'à la rivière. Ainsi personne ne pourra lui faire de la peine. Pourquoi tant de méchanceté de la part des autres chiens? Pourquoi est-il différent? Il déteste ses taches noires, il déteste ses longues pattes, il déteste tout en lui. Il ne connaît personne d'aussi laid que lui-même…

Il s'en va, tête basse, lorsqu'il entend un bruit… On dirait un gémissement.

Lucien le dalmatien se met à chercher d'où peut bien provenir ce son. Il renifle et renifle, quand il aperçoit soudain quelque chose qui bouge. C'est Bijou, l'un des caniches, qui a eu un accident. Le caniche est vraiment très sale: son poil, habituellement si blanc, est couvert de boue. Voyant que le petit caniche respire à peine, Lucien le dalmatien s'empresse de le conduire chez lui. Pas un seul instant il ne songe à la boue, à la saleté, à la mine repoussante du caniche.

Lorsque Lucien arrive chez lui, les autres dalmatiens se hâtent de soigner le petit caniche blessé. Ils lui apportent tous les soins nécessaires, avec bonté. Le caniche est vite remis sur pied. Il est éclatant de santé! Il remercie ses nouveaux amis, discute avec eux et leur raconte son accident: alors que la bande jouait à cache-cache, il s'est perdu et s'est fait mal en tombant. Les autres, beaucoup trop loin pour l'entendre, l'ont

oublié. Par bonheur, Lucien le dalmatien est passé par là et lui a sauvé la vie.

Quand le petit Bijou retourne auprès de ses amis caniches, il leur raconte sa version des faits:

— J'ai maintenant un nouvel ami qui s'appelle Lucien. J'ai connu tous ses amis dalmatiens. Ils sont plus grands que nous et ils n'aboient pas de la même façon que nous. Ils sont blancs, avec des taches noires partout, alors que nous, nous sommes tout blancs et frisés. J'ai appris quelque chose: ils sont comme nous, ils aiment aussi courir dans le bois, jouer au soleil, se baigner dans la rivière. Ils détestent aussi aller à la fourrière. Quoi encore? Lucien le dalmatien m'a sauvé la vie!

Depuis ce temps, Lucien le dalmatien s'est lié d'amitié avec les caniches. Les caniches, quant à eux, s'amusent maintenant avec tous les autres chiens du voisinage.

L'Africain

Bokar était un Noir qui demeurait en Afrique. Son pays d'origine était celui où l'on parlait la langue «boulou boulou».

Bokar avait beaucoup entendu parler d'un village de Russie qui s'appelait Petrovski. Depuis qu'il était tout jeune, il portait un intérêt particulier à ce village, suite à une rencontre avec un Père Blanc venu de ce coin du monde. Par la suite, il avait fait plein de lectures sur ce village et il s'était beaucoup documenté sur sa situation géographique et son mode de vie. C'était un village de 2 528 habitants. Un jour, il décida d'aller s'installer à Petrovski. Il était heureux et avait hâte de connaître ses nouveaux amis.

Mais voilà qu'à Petrovski, tout le monde parlait le russe et tous se moquaient de lui parce qu'il n'était pas comme les autres.

Il avait de la peine dans son cœur et il se choquait en disant des bêtises aux autres. Il alla même jusqu'à frapper ceux qui se moquaient de lui.

Alors les autres continuaient de plus belle.

De plus, notre ami voulait que les gens du village apprennent sa langue, boulou boulou; mais ces derniers refusaient et ils se moquaient encore plus de lui. Il était malheureux… Bokar décida alors d'aller consulter le grand chef du village, qui était aussi le sorcier et qui parlait toutes les langues. Il lui exposa ses problèmes.

Après réflexion, le grand chef lui dit: «Tu ne peux pas changer la couleur de ta peau; il faut que tu t'organises pour accepter la situation et ignorer le comportement des autres qui te taquinent… Quant à vouloir que les 2 528 habitants du village apprennent le boulou boulou, je crois que tu te trompes car c'est plutôt à toi d'apprendre le russe.»

Un an plus tard, notre ami avait complètement changé et était maintenant très heureux; il avait appris à parler le russe, il s'était fait plein d'amis et les autres l'acceptaient tel qu'il était.

101

Le clou

Un individu avait décidé de construire sa propre maison.

Mais voilà qu'après plusieurs mois, la construction avançait à pas de tortue, car notre ami mettait une énergie énorme à enfoncer les clous qui devaient assembler les planches de sa demeure. Neuf fois sur dix, il cognait à côté de son clou et même sur son pouce. Quel malheur!

Il était de plus en plus découragé et plus il plantait de clous, plus il passait à côté. Le soir, il rentrait toujours fatigué de sa journée. Il ne savait plus quoi faire.

Il avait entendu parler d'un grand ingénieur-maître-menuisier qui était très expérimenté. Il décida d'aller le consulter.

Il lui expliqua ses problèmes et, après un moment de réflexion, notre expert-menuisier lui donna les conseils suivants:

«Tu dois d'abord vérifier tes yeux pour être sûr de bien voir lorsque tu frappes.

- Tu dois ensuite vérifier ton bras pour t'assurer qu'il ne tremble pas.
- Tu dois vérifier tes outils, en commençant par ton marteau.
- Mais surtout, tu dois te trouver des façons personnelles de cogner sur ton clou. Mieux vaut frapper moins souvent mais plus efficacement.
- Tu dois te donner une méthode de travail; par exemple, commencer par des clous plus petits, ensuite des clous plus gros et ainsi de suite...
- En un mot, tu dois t'étudier, t'analyser et trouver une méthode qui te permettra de cogner davantage sur ton clou.»

Notre individu partit donc avec ces recommandations. Il prit la peine de s'analyser et de se trouver des moyens de bien travailler, et peu à peu il y réussit totalement.

Quelques mois plus tard, sa maison était construite.

L'année suivante, la ville organisa un concours dans le quartier et c'est lui qui gagna le prix de la plus belle maison.

103

Les Jeux olympiques

Cinquante-trois jeunes Canadiens représentaient notre pays aux Jeux olympiques de Barcelone.

Pendant des mois, chacun s'était préparé minutieusement, selon sa discipline, à la compétition finale.

Nous en étions à la veille du début des Jeux et l'entraîneur réunit toute l'équipe pour le «caucus» de dernière minute.

— Comment vous sentez-vous, si près du grand jour? demanda-t-il aux athlètes.

— Je me sens très anxieuse, dit Annie, on dirait que j'ai tout oublié ce que j'ai appris.

— Moi, dit Josée, je me sens stupide et j'ai peur de rater mon coup.

— Juste avant la compétition, je transpire beaucoup des mains et des pieds, dit Carl.

— J'ai comme des papillons dans l'estomac, dit Yannick, et parfois j'ai mal au cœur tout juste avant le départ.

— Quant à moi, dit Régine, je sens mon cœur qui bat très vite; c'est comme s'il voulait sortir de ma poitrine.

— Je suis très nerveux, dit Jean-Philippe, et ça me brasse dans le ventre.

— Je vois tout noir dans ma tête, dit Hélène; puis c'est comme si elle se vidait complètement.

— Moi, elle me fait très mal, ma tête, dit Sébastien, et lorsque la compétition est commencée, je ne sens plus rien.

Finalement, lorsque les autres sportifs se furent exprimés en des termes à peu près semblables, le responsable du groupe prit la parole: «Vous savez tous, dit-il, que les premiers Jeux olympiques ont été disputés en Grèce. Les athlètes de ce temps-là avaient une idole qu'ils imitaient grandement. Il s'agit d'Hercule qui, pour entrer au royaume des dieux, avait dû accomplir douze travaux. Avant chacune de ces grandes étapes, il se retirait dans un endroit calme. Il imaginait une lumière bleue tout autour de lui. Dans sa tête, il se voyait rempli de confiance en lui-même, en train de réaliser et de réussir l'épreuve en question. Il faisait cela plusieurs fois par jour de même que le soir en se couchant et le matin en se levant. Lorsque le grand jour arrivait, il se sentait très calme et en pleine possession de ses moyens pour accomplir le grand défi.»

Ce jour-là et les jours suivants, les athlètes canadiens décidèrent d'utiliser, eux aussi, la technique d'Hercule. Lorsqu'on proclama la fin des Jeux, une semaine plus tard, le Canada avait remporté sept médailles d'or, six médailles d'argent et huit médailles de bronze.

Tous avaient fait bonne figure et ils étaient très fiers de leur participation.

Allégo s'amuse...

Pourrais-tu résoudre cette énigme:

J'ai des bras mais pas de mains;

J'ai des pieds, c'est certain.

Qui suis-je?

Réponse page 151

Chatouille et le grand escalier

Depuis qu'il est un tout petit chaton, Chatouille veut monter tout en haut de l'édifice qui domine le quartier qu'il a toujours connu.

Tous les chats devenus adultes ont gravi les escaliers de cet édifice intrigant et mystérieux.

Un jour, sa maman lui dit qu'il était temps pour lui et ceux de son âge de gravir le premier escalier de l'édifice qui excitait depuis toujours sa curiosité.

Chatouille hésite... il a peur un peu, mais il a le goût de savoir quelle surprise il trouvera en haut. Il décide donc de monter. La première marche est difficile, elle est haute et Chatouille n'a pas encore trouvé de trucs pour faciliter sa montée. Il travaille beaucoup et il réussit à atteindre la deuxième marche. Il pense à redescendre à certains moments parce qu'il trouve cela difficile mais il décide de continuer. Il avance avec force et patience, mais même s'il éprouve du mal et que ça prend du temps, il continue toujours.

Après beaucoup d'efforts, notre ami Chatouille se retrouve au milieu de l'escalier; il regarde en bas et voit tout le trajet qu'il a fait jusqu'ici. Il se trouve haut, mais il a tellement hâte de repartir qu'il se retourne rapidement pour continuer de monter. En se tournant, le pauvre Chatouille glisse et tombe sur le côté. Il dégringole l'escalier en roulant comme une boule de neige.

Pauvre Chatouille! La tête lui tourne quand il arrive sur le trottoir; il est triste et a mal partout. Il avait travaillé tellement fort pour monter aussi haut dans l'escalier! Hélas! il va être obligé de recommencer.

Au début, Chatouille se tourne vers sa maison; il a le goût d'y retourner et d'oublier l'escalier, car il a perdu tous ses amis et il en a de la peine. Mais, entre-temps, plusieurs autres chatons un peu plus jeunes que lui sont venus le rejoindre pour monter l'escalier avec lui.

Il se dit alors que s'il a réussi à monter aussi haut la première fois, il réussirait encore et avec plus de facilité parce que, maintenant, il connaît des trucs et il est habitué. Chatouille se remet donc à grimper l'escalier. Il monte quelques marches, il a un peu peur de tomber encore, mais il continue et devient de plus en plus sûr de lui. Il arrive à la marche où il était tombé et ne s'arrête même pas. Il monte, monte; il veut arriver en haut le plus vite possible. Chaque marche qu'il gravit devient de plus en plus facile. Chatouille fait un petit saut et hop! il arrive sur l'autre marche. Son cœur bat plus vite, il espère réussir.

Chatouille arrive enfin en haut du premier escalier. Quelle surprise! sa maman l'attend avec un panier plein de jouets et de ses friandises préférées. Il se retourne et regarde très très loin devant lui. Il voit la mer, les montagnes, les champs, et, plus près de lui, il voit sa rue et son père qui lui fait un bonjour de la main. Chatouille est heureux et très fier de lui. Il retrouve beaucoup d'autres amis chats qui ont monté l'escalier également. Ils s'amusent tous ensemble et mangent de bonnes choses en parlant des difficultés qu'ils ont eues, eux aussi, quand ils ont monté l'escalier.

Puis notre ami décide de se reposer un certain temps avant d'entreprendre l'escalade du second escalier devant le conduire au sommet de l'édifice...

Pierre et la loutre

Sur une plage nordique et isolée se trouvait la maison d'un animal. Cet abri était formé de plusieurs petites pierres disposées en cercle. Les pierres se sentaient bien ensemble et elles se connaissaient depuis longtemps.

Un jour, l'animal décida de refaire son nid et rejeta une des pierres à la mer. La pierre se retrouva donc, malgré elle, en eau profonde, séparée des autres cailloux. Elle se sentait délaissée, rejetée et inutile. Elle se dit: «Je suis malheureuse comme les pierres! Plus personne n'a besoin de moi et je me sens laide et perdue.»

Un soir, une loutre à la recherche d'oursins vint à passer dans les environs. Elle remarqua cette pierre dont la forme particulière correspondait tout à fait à ce qu'elle cherchait. Elle s'en empara, la remonta à la surface et la posa délicatement sur son ventre. La petite pierre ne comprenait pas vraiment ce qui lui arrivait, mais comme elle était contente de revoir la lumière! «Quelle utilité pourrais-je bien avoir pour une loutre?» se demandait-elle. La loutre prit alors un oursin et le cogna à quelques reprises contre la pierre. L'oursin se brisa et livra alors sa chair délicieuse. La pierre respira le délicat parfum de ce fruit de mer et sentit avec satisfaction qu'elle était, de nouveau, utile à quelqu'un.

La loutre, qui dégusta avec plaisir son repas, apprécia au plus haut point cette petite pierre qui, en plus de bien la servir, lui apparaissait fort jolie et douce à caresser. Elle décida de l'adopter et de la conserver toujours près d'elle. Elle l'appela «Pierre».

La petite pierre n'en revenait pas. Non seulement elle se sentait utile et en sécurité, mais en plus, c'était inespéré, elle se sentait aimée et elle avait un nom.

Logée dans l'épaisse fourrure de la loutre, elle goûta la chaleur d'un nouveau foyer et ressentit la satisfaction d'être importante pour quelqu'un.

111

La princesse des marais

Il y avait, dans un village très éloigné, près d'une rivière, une princesse-grenouille qui vivait très heureuse parmi les siens.

Un jour, il y eut un orage intense et une partie du village fut inondée par les flots. Une énorme vague emporta la princesse qui s'agrippa à un arbre flottant sur la rivière.

Notre princesse alla s'échouer plusieurs kilomètres plus loin et elle fut accueillie dans un nouveau village.

Elle se sentait triste et désemparée car elle avait perdu toute sa famille et ses amis.

Elle avait du mal à se faire de nouveaux amis: elle faisait des pirouettes de toutes sortes, elle pleurait, elle bousculait les autres et parfois même elle s'emportait violemment; mais personne ne reconnaissait en elle la grande princesse.

Elle eut l'idée de consulter le grand sorcier du village et lui expliqua les frustrations qu'elle vivait.

Ce dernier lui dit: «Je le crois que tu étais princesse dans ton village. Je crois que tu es très intelligente; c'est à toi de prouver aux autres qui tu es vraiment. Ce n'est pas en bousculant les autres qu'on se fait des amis, c'est plutôt en leur rendant de petits services, en leur disant des mots gentils et en étant attentif à ce qu'ils vivent...»

À la suite de cette conversation, elle modifia son comportement et l'attitude des autres à son égard changea peu à peu. Elle se fit plus d'amis, et l'année suivante, le village la consacra «princesse des marais».

113

Allégo s'amuse...

Pourrais-tu résoudre cette charade:

Mon premier est une voyelle;

Mon second est une maladie
de chien très répandue;

Mon tout est une manifestation violente
de l'atmosphère, accompagnée de pluie.

Qui suis-je?

Réponse page 151

Gorfou, le petit manchot

Quelque part sur les côtes glaciales du pôle Sud, vit une colonie de manchots.

Comme vous le savez peut-être, le temps des amours attire toujours les manchots loin de la mer. C'est ainsi que sur une petite butte de neige, dans un nid de cailloux, un couple de manchots attend avec impatience la naissance de leur petit. Depuis deux mois, le père couve l'œuf patiemment sous le repli de son ventre comme le font tous les autres papas de la colonie.

Enfin! l'œuf se met à bouger. Après trois jours d'efforts pour briser la coquille, l'œuf finit par éclore. Gorfou est né!

Le froid glacial le surprend aussitôt. Il frissonne parce que son duvet n'est pas encore assez épais pour le protéger du climat antarctique. Sous le regard admiratif de ses parents, il se blottit près du ventre chaud et confortable de son père. Les parents de Gorfou sont très fiers de lui. À tour de rôle, ils le protègent, le nourrissent et jouent avec lui pendant les premières semaines de sa vie.

Mais voilà qu'un jour, rien ne va plus! Notre petite famille manque de nourriture, et le père de Gorfou doit partir pour pêcher des poissons et des fruits de mer dans l'eau glacée de l'océan Antarctique.

Gorfou est désemparé! Il ne veut pas que son père s'éloigne! Il se sent triste et ne comprend pas pourquoi il doit les quitter et aller si loin, près des glaciers. «N'avons-nous pas encore quelques poissons et de bonnes crevettes à manger? se demande-t-il. Pourquoi papa ne veut-il pas m'emmener avec lui?»

Toutes ces questions se bousculent dans sa tête et il ne parvient plus à dormir. Même les belles crevettes que maman lui prépare ne semblent plus aussi appétissantes. Il refuse d'aller jouer avec ses copains qui se glissent sur la neige. Il ne pense qu'à l'absence prochaine de son père. Il se sent déjà seul.

Puis, c'est le jour du départ. Papa se lève tôt et prépare l'expédition avec les autres manchots de la colonie. «Déjà?» se dit Gorfou. Il est surpris que ce soit aujourd'hui le grand jour. Il regrette surtout de ne pas avoir su profiter des derniers moments avec son papa, afin de l'écouter raconter ses nombreuses histoires de chasse. Il voudrait pleurer et crier mais il décide d'agir comme les grands! Gardant ses larmes à l'intérieur de lui, il se tient très droit sur la glace, les ailes bien écartées, et regarde son père partir vers la mer.

Maintenant qu'il est seul avec sa mère sur sa colline enneigée, tout semble différent. Les journées lui paraissent plus longues. Sa maman aussi a changé. Elle semble plus triste et songeuse.

Mais, petit à petit, son minuscule monde s'illumine. Gorfou découvre qu'en se poussant à l'aide de ses ailes et de ses pieds, il peut glisser sur son ventre aussi vite que papa! Avec sa mère, il s'amuse à se glisser sur la glace des heures entières. Parfois, ils vont partager leur repas avec d'autres manchots de la colonie. Gorfou aime bien jouer avec d'autres petits manchots dont les parents sont partis en expédition. Il se sent soudain moins seul.

Oh! Il fait parfois de petites colères parce qu'il a peur que son papa ne revienne jamais. Mais il apaise vite ses peurs en pensant aux nouvelles histoires et aux poissons que son père a promis de lui rapporter. Il a confiance, car il sait que son père est un excellent nageur, et dans ses rêves, il l'imagine aussi doué sous l'eau qu'un acrobate sur ses trapèzes.

Un soir, sa maman lui confie, après avoir replacé les cailloux du nid en sa compagnie:

— J'ai reçu un message de l'oiseau pêcheur aujourd'hui. Papa revient demain.
— Déjà! dit Gorfou.

Et il est surpris que ce soit demain le grand jour. Alors il chante en signe de plaisir.

Puis Gorfou s'endort près du ventre de sa maman, imaginant les banquises dont son papa lui a parlé avant son départ. Ils auront tant de choses à se raconter.

117

Allégo s'amuse...

Pourrais-tu répondre à cette devinette:

Je travaille lorsque j'ai très chaud mais,
quand j'ai froid, je reste au repos.

Qui suis-je?

Réponse page 151

Quatre petits oursons

Voici l'histoire d'une famille d'ours. Il y avait les parents ours et les quatre oursons: Boubou, Bonbon, Bedon et Boule. Les oursons vivaient heureux avec leurs parents qui leur fabriquaient toutes sortes de très beaux jouets.

Un jour, le chef du village voisin vint voir les parents des oursons. Il leur dit: «J'ai beaucoup entendu parler de vos talents de fabricateurs de jouets. Dans mon village, les petits n'ont personne pour leur faire des jouets. Pourriez-vous venir nous montrer comment vous faites? Par la suite, les petits pourront s'amuser et avoir du plaisir grâce à vous.»

Les parents ne savaient trop quoi répondre. Ils avaient le goût de rester tranquilles dans leur maison, mais ils pensaient aussi à tous les pauvres petits qui n'avaient pas de jouets pour s'amuser. Ils acceptèrent donc d'aller montrer à ces gens comment fabriquer des jouets.

Ils trouvèrent une bonne gardienne pour leurs petits et leur dirent au revoir en les embrassant.

Au début, les oursons étaient tristes du départ de leurs parents.

— Je vais m'ennuyer, dit Boubou en pleurnichant.
— Je vais avoir peur, la nuit, dit Bonbon.
— Ne faisons pas les bébés, dit Bedon. Nos parents ne sont partis que temporairement. Ils ont dit qu'ils reviendraient dans quelques semaines.
— De plus, on est favorisés, ajouta Boule. Bélinda, notre gardienne, sait tout ce qu'il faut faire.

Boubou essuya ses larmes, et après avoir réfléchi, il se tourna vers Bedon et lui dit:

— On est chanceux d'avoir de beaux jouets, hein?
— Oui, certain! répondit Bedon. Si nos parents sont capables de montrer aux autres comment en faire, il faut qu'ils le fassent pour que d'autres oursons puissent en profiter.

Durant les premiers jours, les oursons étaient un peu confus parce que Bélinda leur demandait des choses différentes de leurs parents. Il fallait qu'ils mettent leur pyjama avant de se brosser les dents, tandis qu'avec leurs parents, ils faisaient le contraire. Ils s'habituèrent aux petits changements. Ce n'était pas si grave. Ils apprenaient à se connaître graduellement.

Bélinda était très heureuse. Les oursons aussi. Ils étaient gentils et toutes les fois qu'il y avait un travail à faire dans la maison, ils se mettaient tous à la tâche avec entrain et bonne humeur.

Bélinda ne savait pas comment fabriquer de beaux jouets, mais elle connaissait beaucoup de jeux amusants. Les oursons appre-naient des tours, faisaient des pirouettes et grimpaient aux arbres. La gardienne leur faisait faire toutes sortes de choses différentes de leurs parents. Bélinda et les oursons étaient devenus de bons amis et le temps passait très vite.

Quand les parents des oursons revinrent de voyage, ils étaient heureux de voir comment les oursons avaient grandi. Ils étaient devenus tellement beaux! Ils étaient maintenant capables de faire toutes sortes de choses qu'ils ignoraient. Ils avaient l'air très fiers d'eux.

Alors les parents des oursons les enlacèrent, ils leur donnèrent de nombreux bisous en leur di-sant: «Vous êtes les plus mer-veilleux oursons de la terre.»

121

Allégo s'amuse...

Pourrais-tu résoudre cette énigme:

Je suis quelque chose qu'on partage à deux;

Dès qu'on me partage à quelqu'un d'autre, je n'existe plus.

Qui suis-je?

Réponse page 151

Iris

La princesse Iris avait passé sa plus tendre enfance sur la planète Amok. Actuellement, elle y vit avec le roi, son père.

Il y a quelques années, son père et sa mère qui ne s'entendaient plus très bien ont décidé de vivre chacun de leur côté; sa mère avait alors accepté de diriger la planète Kubik qui était située à quelques années-lumière de la planète Amok.

Iris n'avait jamais accepté que sa mère parte aussi loin, car elle ne la voyait pas souvent; deux ou trois fois par année, elle se rendait sur la planète Kubik et, chaque fois, elle avait de la difficulté à revenir sur la planète Amok.

Elle aurait voulu que sa mère revienne habiter avec son père. Elle pleurait régulièrement et elle était souvent triste et malheureuse.

À l'école, ça n'allait pas très bien: ses notes étaient plus ou moins acceptables et elle man-quait d'attention ou dérangeait les autres en classe, et son professeur la grondait parfois. Elle était aussi très inquiète de sa mère qui vivait si loin d'elle et Iris avait peur qu'il lui arrive malheur.

Son père faisait tout pour la rassurer et l'aider, mais il n'y réussissait pas beaucoup. La compagne de son père était également gentille avec elle et elle l'aidait à faire ses devoirs; elle l'aidait même parfois à décoder les messages intergalactiques qu'elle recevait de sa mère.

Une nuit, alors qu'elle pleurait silencieusement dans son lit, elle eut la visite de la fée des étoiles, tout habillée de bleu, qui arriva sur son balcon avant de pénétrer dans sa chambre par la fenêtre ouverte. Iris n'en croyait pas ses yeux.

La fée lui dit qu'elle avait senti son besoin d'aide et qu'elle était là pour cela. Iris sécha ses larmes et lui raconta ses gros problèmes.

La fée lui dit qu'elle était très courageuse et qu'elle était chanceuse d'avoir encore ses deux parents. Elle lui fit prendre conscience que tous les gens autour d'elle l'aimaient beaucoup et lui voulaient du bien. Elle lui fit remarquer aussi qu'elle avait la chance d'être princesse sur deux planètes, mais que sa première responsabilité était de jouer son rôle sur la planète Amok, là où était sa résidence principale.

Sur ces paroles, la fée disparut dans un nuage d'étincelles.

Iris réalisa alors qu'elle dépensait beaucoup d'énergie à vouloir vivre sur deux planètes en même temps. Elle décida de faire confiance à sa mère pour conserver la beauté de la planète Kubik et de consacrer son temps à la planète Amok surtout.

Elle se sentit alors soulagée d'avoir moins de responsabilités et elle se rendit compte qu'elle avait beaucoup de temps pour améliorer et embellir les relations qu'elle entretenait avec sa famille et ses amis.

Après quelque temps, elle s'aperçut que les deux planètes étaient toujours aussi belles et étincelantes l'une que l'autre et elle fut heureuse de constater que tout allait mieux pour elle tant à l'école qu'au château.

Allégo s'amuse...

Pourrais-tu répondre à cette interrogation:

Je ne suis pas un arbre comme les autres;

Vous me consultez pour
connaître les vôtres.

Qui suis-je?

Réponse page 151

La légende de Timmy

Il était une fois un jeune sportif du nom de Timmy, qui était un des meilleurs de son groupe. Il jouait avec beaucoup d'adresse et avait un bon esprit d'équipe. Ses amis l'aimaient et l'admiraient grandement.

Pendant l'été, son entraîneur lui annonça qu'il devait être échangé à une autre formation. Il serait obligé de déménager. Notre ami, très déçu, partit donc pour sa nouvelle ville.

Malheureusement, dès le premier match, le jeune homme fit peu d'efforts. D'une partie à l'autre, il se décourageait, il manquait d'énergie. Il avait de plus en plus de difficulté à performer. Il était incapable de trouver sa place au sein de sa nouvelle équipe.

Un jour, sa nouvelle région fut choisie pour participer à l'émission de télévision *Fort Boyard*. Des dirigeants de la ville désignèrent leurs meilleurs athlètes comme ambassadeurs. Étant donné sa superbe performance l'année précédente, et malgré sa faible participation depuis le début de la saison, notre joueur se retrouva quand même à Fort Boyard. La première épreuve consistait à ramper dans un long tunnel rempli de tarentules. Timmy devait récupérer la clé au fond de ce trou. Il se sentait seul, nerveux, craintif. Il reculait au lieu d'avancer. Aurait-il le temps de récupérer la clé avant les trois minutes allouées? Il paniquait, il était incapable de bouger! Malheur! La porte du tunnel se referma soudain d'un bruit sourd, coinçant notre ami, désemparé, dans cette impasse!

Timmy leva alors les yeux et aperçut un vieillard à la barbe longue et blanche. C'était le père Fourat. Le vieil homme lui dit aussitôt:

— Mon garçon, j'ai une devinette pour toi. Réfléchis bien! Si tu veux traverser les épreuves de la vie, tu devras d'abord résoudre cette charade. La voici: mon premier supporte ta tête; mon second est une maladie de chien qui le rend très agressif;

mon tout est ce qu'il te faut pour avancer dans la vie; qui suis-je?

Après une brève réflexion, Timmy s'écria:

— COURAGE!
— Voilà! lui dit le père Fourat. Tu as la bonne réponse! Écoute-moi bien: aujourd'hui, je te donne une clé spéciale. Avec elle, tu te rendras au bout du tunnel et tu verras un petit coffre étincelant. Ouvre-le et sois attentif au message...

Les yeux brillant de joie, Timmy recommença alors à ramper et il aperçut bientôt la boîte mystérieuse. Il utilisa sa clé, et le coffret s'ouvrit instantané-ment! Tout au fond, il découvrit le message du père Fourat: «Désormais, tu auras force et courage pour surmonter les difficultés avec détermination. Tu pourras avancer fièrement dans la vie.» Automatiquement, la porte du tunnel s'ouvrit, et ses amis l'accueillirent avec beaucoup d'enthousiasme et d'admiration.

Par la suite, Timmy réussit toutes les épreuves avec aisance et facilité.

De retour dans sa nouvelle ville, Timmy reprit sa place dans l'équi-pe. Il pensait souvent à son aventu-re à Fort Boyard. Il avait retrouvé ses capacités et son enthousiasme. Il se faisait graduellement de nouveaux amis. Le jeune homme collaborait de plus en plus à la performance et à la réussite de son équipe. Il s'y sentait mainte-nant membre à part entière, un membre important. Toute la sai-son, il joua merveilleusement bien et il donna le meilleur de lui-même. À la fin de la série, il reçut le trophée du joueur ayant fait le plus de progrès dans l'année. On était heureux de récompenser son courage et sa bravoure.

Et Timmy était particulière-ment fier de lui...

129

Allégo s'amuse...

Pourrais-tu résoudre cette énigme:

Quand je sors, je les porte;

Elles aussi me portent.

Qui suis-je?

Réponse page 151

La maison hantée

En plein cœur d'une grande ville habitait une petite famille. Le père, la mère et les enfants rêvaient depuis très longtemps d'aller vivre à la campagne. Ils y allaient souvent l'été et, chaque fois, ils appréciaient le calme et adoraient les beautés de la nature. De retour dans leur maison de ville, ils rêvaient au jour où, tous ensemble, ils pourraient s'installer sur le bord d'un beau petit lac ou d'une jolie rivière.

Mais les maisons sont difficiles à acheter à la campagne. Personne ne veut vendre, chacun est jaloux de son coin de paradis.

Un beau jour cependant, alors qu'ils circulaient sur une petite route qui longeait une rivière, ils firent la découverte d'une coquette maison, tout éclatante avec ses jolis pignons dressés vers le ciel et ses fenêtres entourées de charmants volets de couleur assortie. Elle semblait les attendre depuis des années. Autour, c'était le calme. Seuls le chant des oiseaux et le murmure de la rivière, où l'eau se bousculait parmi les cailloux, venaient briser le silence de cette nature apaisante.

Trouver le propriétaire, passer chez le banquier, courir chez le notaire ne furent l'affaire que de quelques jours. Enfin, ils avaient la maison de leurs rêves!

Mais comment avaient-ils pu payer si peu pour une si coquette maison? Peu importe... L'ancien propriétaire avait dû faire erreur... Les nouveaux propriétaires étaient heureux! Demain, ce serait le grand jour... Jour du déménagement!

Tandis qu'ils emménageaient, de jeunes gamins passaient en se moquant:

— Cette maison est hantée... Cette maison est hantée...

Cette phrase sema la panique chez les enfants qui coururent partager leur inquiétude avec leurs parents. Quelques courtes phrases pour les sécuriser... Vite au travail... Il y a tant à faire! De toute façon, les maisons hantées, ça n'existe pas, ce sont des affaires de cinéma.

Le camion partit, le calme revint. La première soirée à la campagne, puis la nuit... Au lit tout le monde... On en a tous besoin. Mais, à peine les lumières éteintes, voilà que de drôles de bruits emplirent la maison. Ça venait de partout... Tantôt petits, tantôt plus faibles, tantôt rapides, tantôt lents, mais de plus en plus inquiétants! Des bruits, des craquements, des fantômes... Oui, cette maison était hantée! Gagnés par la panique et la peur, les enfants s'étaient blottis dans le lit des parents et, sans trop réfléchir, tous se retrouvèrent bientôt dans l'auto, quittant la maison en toute hâte pour aller se réfugier on ne sait où! Demain, on la vendrait, cette maison hantée, à perte s'il le fallait... Sans même y retourner!

Mais qui voudrait de cette maison?

«Belle maison à vendre, prix réduit, cause: départ rapide et obligatoire.»

— On verra bien! s'étaient dit les parents.

Quelques jours plus tard, la maison était vendue... avec tous les meubles... «La bonne affaire!» pensaient les vendeurs... «La bonne affaire!» se dirent les acheteurs. Tous étaient satisfaits.

Mais, à leur première nuit, les nouveaux propriétaires furent réveillés par de drôles de bruits au grenier. Les enfants accoururent dans la chambre des parents... L'inquiétude grandissait. Prenant leur courage à deux mains, munis d'une lampe de poche, ils montèrent au grenier avec toutes les précautions qu'exige pareille aventure. Au premier balayage de la lumière, ils constatèrent que le grenier abritait quantité de souris et de rats. Quel bonheur pour les nouveaux propriétaires de savoir que, demain, tout serait réglé par un exterminateur, qui viendrait éliminer ces petites bestioles qui se prenaient pour des fantômes!

133

Mini-Mush et Grand-Schtroumpf

Jadis, au pays des bleuets, vivait une colonie de Schtroumpfs où régnait un roi qui se nommait Grand-Schtroumpf. Le rêve de certains de ces petits habitants était de faire partie de l'équipe personnelle des gardes du corps de Grand-Schtroumpf.

Un tout petit Schtroumpf, nommé Mini-Mush, ne vivait que pour réaliser ce désir. Tous les jours, il faisait beaucoup d'exercices et de culturisme pour devenir musclé, grand et fort. Mais rien n'y faisait. Il ne lui restait qu'une solution: entrer en contact avec Diablo le maléfique, réputé pour ses préparations quasi miraculeuses. Il hésita longtemps avant d'aller consulter Diablo, mais il ne trouvait pas d'autres possibilités.

Un soir de pleine lune, il se rendit donc chez le maléfique. En deux temps, trois mouvements, Diablo lui prépara une potion magique faite de plantes et d'autres substances dont lui seul avait le secret. Mini-Mush l'avala d'un trait et il se sentit déjà intérieu-rement très fort, très grand et tout-puissant. Il devait prendre cette potion pendant un certain temps tout en continuant ses exercices pour obtenir l'effet espéré.

Après quelque temps, Mini-Mush crut bon d'augmenter la dose pour devenir encore plus grand et plus fort. Mais, bientôt, il se mit à faire des cauchemars, à perdre ses amis parce qu'il était devenu irritable et agressif. Comme il avait changé, le petit Mini-Mush!

Grand-Schtroumpf, qui apprit cette histoire, le convoqua sur-le-champ et lui demanda:

— Mini-Mush, que se passe-t-il? Pourquoi ce changement si rapide?

Mini-Mush lui fit part de son idéal et il lui fit le récit de son aventure avec Diablo le maléfique. Grand-Schtroumpf lui expliqua alors que l'important n'était pas l'aspect extérieur d'une personne, mais bien davantage son grand cœur, son honnêteté et son audace. Il lui proposa de rencontrer Merlin le magicien, afin qu'il l'aide à se reprendre en main, à se passer des potions dangereuses de Diablo.

Ce ne fut pas facile au début, mais Mini-Mush, grâce à son courage et à sa détermination, finit par se débarrasser de ses mauvaises habitudes pour devenir, quelque temps plus tard, le nouveau grand Mini-Mush.

Zodiac à la conquête de Gargantua

Comme à tous les automnes, un banc de poissons avait comme projet de retrouver les eaux chaudes et accueillantes du fleuve Majestik, situé près de l'équateur.

Le matin du départ, le roi poisson regroupa ses sujets pour leur présenter l'itinéraire du voyage et leur rappeler que chacun avait le potentiel et les éléments nécessaires pour entreprendre un si long voyage.

La première partie du périple se déroula comme prévu. Après une halte de quelques minutes pour reprendre son souffle, le groupe repartit de plus belle. Mais, le petit Zodiac, tout ébloui par la richesse des fonds marins, s'écarta bientôt du groupe et se retrouva seul au milieu d'algues magnifiques aux coloris inimaginables.

Isolé et inquiet, Zodiac aperçut soudain le petit dauphin Arion qui dormait paisiblement sur un matelas d'algues mouvantes. Zodiac, d'un coup de nageoire, rejoignit le petit dauphin et risqua le tout pour le tout: il osa le réveiller pour lui demander sa route. Le petit dauphin l'accueillit en souriant et lui indiqua la route à suivre afin de retrouver les siens.

Zodiac remercia le dauphin et repartit aussitôt vers la direction indiquée. Mais devant lui se dressa bientôt la gigantesque chute Gargantua. Paralysé par la peur et désemparé, ne voyant que du noir, Zodiac en fut malade. Il ne savait plus quoi faire! Il tourna en rond quelques instants, puis, affolé, il revint en arrière pour retrouver la présence rassurante des algues et du petit dauphin, à qui il confia son malheur. Arion lui dit qu'il devait d'abord prendre quelques grandes respirations pour se relaxer et qu'il pouvait s'arrêter quelques minutes pour imaginer un moment de sa vie où il s'était déjà senti heureux et très calme. Zodiac s'immobilisa un instant et, après avoir suivi les conseils du petit dauphin, il se sentit déjà mieux.

Arion lui rappela alors qu'il avait tout pour franchir cet obstacle, puisqu'il avait en sa possession un outil extraordinaire: ses nageoires volantes.

Un peu craintif, mais déterminé à retrouver les siens, Zodiac se fit confiance, déploya ses nageoires volantes et s'élança au-dessus de la chute, amerrissant bientôt dans les eaux apaisantes du fleuve Majestik. Plus tard, ses amis l'accueillirent avec fierté et le félicitèrent pour sa bravoure. C'est alors que Zodiac leur confia la technique qu'Arion lui avait enseignée.

Plusieurs d'entre eux la mirent en pratique, avec succès, par la suite...

Patachou, le lièvre vainqueur*

Cet hiver-là, Patachou, un jeune lièvre, avait revêtu, comme à toutes les saisons froides, sa magnifique fourrure blanche. Cette couleur lui permettait souvent de passer inaperçu. Il pouvait ainsi jouer des tours à ses amis; mais pas toujours drôles, surtout lorsqu'il était malheureux.

Ce qui le fâchait le plus, c'est qu'il n'était pas aussi fort que les ours. Patachou se comparait à eux lorsqu'ils jouaient ensemble au bord de l'eau. Les ours organisaient des compétitions au cours desquelles les participants devaient déplacer des roches sur la plus longue distance possible. On s'imagine très bien que Patachou ne gagnait jamais le concours. Il voulait prendre sa revanche: son but était désormais de devenir très fort en vue de vaincre les ours.

Un jour qu'il se baladait au bord de l'eau, Patachou rencontra Kapouk, un ours qui gagnait souvent le premier prix lors des compétitions. Kapouk lui dit:

— Je sais que tu ne gagnes jamais la compétition. Tu devrais manger du miel comme moi.

Patachou n'avait jamais mangé de miel car, comme on le sait, les lièvres se nourrissent plutôt de brindilles, de bourgeons frais et d'autres végétaux. Mais même s'il savait cela, Patachou pensait que le miel devrait être un bon aliment, puisque Kapouk lui avait déjà mentionné qu'il avait bon goût et qu'en plus, ça le rendait très fort.

Patachou courut donc chercher son miel. Sur le chemin du retour, il rencontra un vieux lièvre qui lui dit que le miel était nuisible pour lui et qu'il était même très dangereux d'en manger. Cependant, Patachou ne croyait pas que c'était aussi menaçant qu'il le disait. Selon lui, le vieux lièvre exagérait probablement. Et comme il voulait devenir fort, il fonça, tête baissée, dans son projet...

Au début, Patachou mangeait du miel en petite quantité. Il avait

* Produit avec la participation d'Isabelle Boutin, criminologue.

l'impression d'être plus fort même si en réalité sa force n'était pas plus grande. Il éprouvait cependant des douleurs quelque temps après en avoir mangé, mais sa sensation de puissance faisait qu'il continuait de s'en nourrir. Peu à peu, il s'habitua aux effets du miel. Il devait donc en consommer encore plus pour augmenter sa performance. Mais son organisme de lièvre était incapable d'assimiler le miel. Dès la première fois qu'il en avait absorbé, ses organes ne comprenaient pas ce qui se passait et ils étaient tous devenus affolés et affaiblis. Un peu plus tard, ils s'étaient révoltés davantage contre lui: il ressentait alors, après avoir avalé son miel, des douleurs qui duraient plus longtemps qu'au début; de plus sa fourrure avait changé: du blanc immaculé qu'elle était auparavant, elle était maintenant devenue verdâtre.

Patachou avait aussi entraîné d'autres lièvres à faire la même chose que lui. Il avait d'abord encouragé ses amis à manger du miel et plusieurs avaient ainsi commencé à en consommer. Puis, il avait poussé d'autres lièvres qui ne faisaient pas partie de son groupe d'amis à l'essayer. Parmi eux, il avait réussi à en initier un seul. Mais, celui-ci avait ensuite entraîné quelques membres de son groupe et les autres s'étaient joints à eux plus tard.

Certains lièvres à la fourrure verdâtre en moururent. D'autres à la fourrure blanche mouraient aussi, avant même qu'ils en aient trop mangé et que leur poil ait changé de couleur. Les autres lièvres qui consommaient du miel, même occasionnellement, avaient très peur, car ils ne savaient pas ce qui pourrait bien leur arriver... De très loin, on pouvait les entendre crier que s'ils l'avaient su, ils n'y auraient jamais touché. Plusieurs lièvres étaient découragés parce qu'ils ne savaient plus comment arrêter, et les autres avaient de la difficulté à cesser leur mauvaise habitude. Ils discutaient ensemble et tous affirmaient qu'ils n'auraient jamais dû se nourrir de miel parce qu'il détruisait leur santé et qu'il pouvait même les tuer.

Un soir où une tempête de neige faisait rage, Patachou s'était évanoui au pied d'un totem après avoir absorbé une grande quantité de miel.

Une heure plus tard, le craquement d'une branche le sortit de son semi-coma. Une outarde l'examinait du haut du totem. Elle lui dit:

— Je vole au-dessus de toi depuis quelque temps. Je me suis aperçue que tu avais des problèmes et que tu étais malheureux. Je crois savoir pourquoi tu agis de cette façon et pourquoi tu manges encore du miel malgré que tu aies des preuves évidentes des dangers qui lui sont associés. C'est uniquement parce que tu veux devenir fort; mais tu n'utilises peut-être pas la bonne façon. C'est plutôt en ayant une nourriture saine et équilibrée et en faisant beaucoup d'exercices qu'on parvient à être en meilleure forme. Ne crois surtout pas que je suis contre l'idée de devenir fort, loin de là! Mais ce sont surtout les moyens qu'on prend pour le devenir et les buts qu'on poursuit qui sont importants. Tu pourrais ainsi désirer augmenter ta force pour te détendre, relaxer, faire des sports, avoir du plaisir, apprendre de nouvelles choses, courir en forêt, etc. Toutefois, je ne crois pas que tu le fasses pour ces raisons-là. Le miel, lui, te rend malheureux. Ta tristesse s'éloigne pendant quelques minutes, mais elle revient aussitôt que les effets sont disparus. Il te permet seulement de croire que tu es plus fort, mais en réalité tu l'es moins qu'avant. Et rappelle-toi que ta force à toi, c'est la vitesse, grâce à tes puissantes pattes. Il y a peut-être quelque chose que tu pourrais réaliser à l'aide de ta rapidité; à toi de chercher!

Patachou réfléchit sérieusement à ce que lui avait dit l'outarde. Il décida d'arrêter de bouffer du miel. Mais, ce ne fut pas facile au début; il eut besoin d'aide et il en discuta avec un animal en qui il avait une grande confiance. Il participa à plusieurs activités. À l'occasion de l'une d'entre elles, il apprit à secourir les ours qui se blessaient parfois lors du populaire concours de force. Il se sentait utile et fier de lui. Il ne désirait plus la force des ours comme il l'avait fait auparavant. Il voulait plutôt leur venir en aide à eux ainsi qu'aux autres animaux.

Quelques années plus tard, Patachou sauva la vie à Kapouk qui s'était grièvement blessé. Grâce à sa rapidité, Patachou lui prodigua les premiers soins à temps. Kapouk lui témoigna une grande grande reconnaissance en lui disant qu'il n'aurait qu'à faire appel à lui lorsqu'il devrait effectuer des tâches nécessitant une grande force physique.

Aujourd'hui, Monsieur Patachou donne des conseils aux jeunes animaux. Il mentionne d'abord les risques associés au miel et à d'autres produits dangereux pour la santé. Il leur rappelle ensuite que les autres animaux ne doivent pas dicter notre conduite personnelle et qu'on a le droit de dire non. Enfin, il leur répète tout ce que lui avait dit une outarde... un soir de tempête...

Allégo s'amuse...

Pourrais-tu résoudre cette impasse:

Parfois je suis fort, parfois je suis faible;

Je parle toutes les langues
sans jamais les avoir apprises.

Qui suis-je?

Réponse page 151

Rigolo le clown

Rigolo était un clown très drôle et très spécial qui faisait partie de l'équipe du Cirque du Soleil Levant. Dès le début, il fut emballé par cette grande course autour du monde.

Pendant un certain temps, tout allait bien. Rigolo était très heureux de faire rire les petits comme les grands.

Le drame éclata un jour qu'il faisait un spectacle à Moscou. C'est au beau milieu du spectacle qu'il s'effondra et se retrouva dans sa loge, son cœur battant, les mains tremblantes et le corps baigné de sueurs. Il voyait tout noir dans sa tête, il respirait avec difficulté et avait même envie de vomir. Il percevait les gens autour de lui d'une façon étrange et embrouillée. Une sensation de bourdonnement lui résonnait dans la tête. C'était comme s'il faisait partie d'un autre monde. Il était tellement malade qu'il pensait mourir. C'était d'ailleurs sa plus grande peur. On l'amena donc à l'urgence et, après les examens d'usage, on le déclara

en très grande forme physique. Rigolo n'y comprenait rien.

Il faut dire ici qu'il avait vécu les mêmes malaises après le spectacle d'Istanbul. Mettant cela sur le compte de la fatigue, il ne s'en était donc pas préoccupé davantage et tout était rentré dans l'ordre dès le lendemain.

Cette fois-ci, Rigolo était inquiet et angoissé par la situation. Il se sentait mal et il ne voulait vraiment plus retourner sur scène, de peur que la même chose ne se reproduise.

Il décida donc de consulter le vieux clown Patapouf, afin de lui faire part de ses craintes.

Après la narration de son histoire, le vieux clown éclata d'un rire retentissant et lui dit que ça pouvait arriver chez les clowns de « perdre les pédales », c'est-à-dire perdre le contrôle.

Rigolo le regarda avec des yeux interrogateurs, car il ne comprenait pas ce langage.

— Que veux-tu dire par là? lui demanda-t-il.

— Eh bien, lui répondit Patapouf, c'est à l'intérieur du clown que cela se passe, et on ne sait pas vraiment pour quelle raison. Ce phénomène peut se produire à n'importe quel moment, sans prévenir. Par contre, il est certain qu'il peut apparaître plus facilement dans une période de grande fatigue.

— Que puis-je y faire? rétorqua notre ami Rigolo.

— Rien! dit Patapouf. Ou plutôt, oui, tu peux faire quelque chose. Tu dois demeurer sur place et affronter la situation et continuer malgré ces symptômes désagréables. Je vais te donner cette potion spéciale. Tu la prendras seulement au moment de perdre les pédales. Cela t'aidera à diminuer la tension, le temps fera le reste puisque tu sais maintenant que c'est sans danger.

Par contre, lors de ces malaises, tu pourrais imaginer des moments de ta vie où tu t'es senti particulièrement heureux et tu pourrais prendre de grandes respirations. Tu pourrais aussi utiliser d'autres techniques de visualisation ou de relaxation que tu connais. Cela t'aiderait à faire baisser la pression et à te détendre. Il n'y a rien d'autre à faire que de te parler à toi-même et te dire que les malaises disparaîtront bientôt comme ils sont venus.

Rigolo eut d'autres indispositions, mais il apprenait à se calmer et à contrôler de plus en plus la situation.

Aujourd'hui, après toutes les épreuves qu'il a traversées, il est devenu un peu le conseiller et le confident de plusieurs membres de cette grande famille du Cirque du Soleil Levant.

Allégo s'amuse...

Pourrais-tu résoudre cette énigme:

Si vous me cherchez, je suis là.

Mais quand vous m'avez trouvée, je disparais.

Qui suis-je?

Réponse page 151

Le voyage de Goutte-Bleue

Elles tombaient une à une et de façon désordonnée, toutes ces gouttes d'eau, lors d'un orage où les éclairs se faisaient voir à des kilomètres à la ronde et où le tonnerre frappait si fort qu'il fallait presque se boucher les oreilles pour protéger ses tympans.

Goutte-Bleue et plusieurs de ses amies se regroupèrent en touchant terre et dévalèrent ensemble la montagne en s'amusant gaiement et en se taquinant entre elles. C'est ainsi qu'elles atteignirent bientôt un ruisseau et se joignirent à toutes ces gouttes réunies pour cheminer vers de nouveaux horizons. Plus loin, un embranchement les fit dévier dans une rivière au cours rapide et puissant. Là, elles s'amusèrent follement en dévalant des cascades et en dégringolant des chutes d'une hauteur inimaginable. Elles se dispersaient parfois en allant se frapper rudement sur des rochers pointus ou sur des troncs d'arbres traînant çà et là sur le cours d'eau. Mais, plus loin, elles finissaient par se retrouver et elles continuaient le parcours ensemble. Elles avaient commencé à remarquer que certaines d'entre elles, plus fatiguées, s'arrêtaient pour se reposer sur des rochers et que, sous les chauds rayons du soleil, elles disparaissaient d'une façon mystérieuse. Elles se transformaient soudain en une fine vapeur et s'élevaient délicatement vers le ciel.

Au début, elles n'y prêtaient pas beaucoup attention, mais comme le phénomène se reproduisait de plus en plus souvent à mesure qu'elles atteignaient les lacs de la vallée, elles commencèrent à se demander ce qu'il advenait de leurs amies qui, ainsi, montaient étrangement vers le ciel et devenaient invisibles à leurs yeux.

Elles se promirent alors que si l'une d'entre elles disparaissait de cette façon, elle reviendrait dire aux autres ce qui se passait là-haut.

Un jour de soleil torride, Goutte-Bleue, fatiguée, se reposait sur le bord d'un lac, endormie douillettement sur un sable chaud. Elle réalisa soudain que, bientôt, ce serait la fin pour elle. Goutte-Bleue se sentit irrésistiblement attirée vers le ciel, transformée en une bruine fine qui flotta gentiment vers le firmament. Elle voyait bien ses amies, en bas, mais elle n'avait pas eu le temps de les saluer avant de s'envoler...

Lorsque ses copines s'aperçurent de sa disparition, il n'y avait plus rien à faire. Étonnées et inquiètes, elles regardèrent ensemble vers le domaine des étoiles, mais ne distinguèrent rien de particulier dans cet espace infini.

Lorsqu'elle arriva là-haut, Goutte-Bleue reconnut plusieurs gouttelettes qu'elle avait côtoyées lors de son séjour sur la terre. Elle s'associa à elles et à bien d'autres pour former un majestueux nuage, radieux, doux, moelleux et baignant dans une atmosphère veloutée et confortable. Elle voyait ses amies en bas. Elle aurait beaucoup aimé communiquer avec elles pour leur dire ce qui était arrivé, mais... Alors elle comprit que, même si ses amies regardaient là-haut, elles n'auraient aucune réaction. Car, ainsi transformée en un nuage si extraordinaire où régnaient la tendresse, la douceur, la paix, l'harmonie, la quiétude et la sérénité, Goutte-Bleue était méconnaissable.

149